宋·周行己 撰

浮沚集

中国书店

詳校官編修臣朱鈐

臣紀昀覆勘

欽定四庫全書　集部三

浮沚集　別集類二北宋

提要

臣等謹案浮沚集八卷宋周行己撰行己字恭叔永嘉人元祐六年進士官至秘書省正字出知樂清縣陳振孫書録解題稱其為太學博士以親老歸教授其鄉再入為館職復出作縣鄉人至今稱周博士蓋相沿稱其初

授之官也振孫載浮沚先生集十六卷後集三卷宋史藝文志載周行己集十九卷正合前後兩集之數而又别出周博士集十卷已相牴牾萬歷温州府志又稱行己集凡三十卷更參錯不符考振孫之祖母即行己之第三女振孫所記當必不誤宋史及温州志均傳訛也行己早從伊川程子游傳其緒論實開永嘉學派之先集中有上宰相書云少慕

存心養性之說于周孔佛老無所不求而未嘗有意于進取觀所自敘其生平學問梗概可以畧見則發為文章明白淳實粹然為儒者之言固有由也其詩文亦皆嫻雅有法尤講學家所難能矣集久失傳今從永樂大典所載蒐羅排比共得八卷較之原編十幾得五尚足見其大凡也乾隆四十九年五月恭校上

總纂官臣紀昀臣陸錫熊臣孫士毅

總校官臣陸費墀

欽定四庫全書

浮沚集卷一

宋 周行己 撰

奏議

上皇帝書

臣竊謂人臣之私莫大於朋比而天下之患莫深於壅隔古之人君所以操獨斷而任賢使能廣羣聽而明目達聰葢防此也恭惟陛下臨御以來總攬權綱勵精政

事官無大小事無鉅細皆出宸斷親御翰墨臣庶奔走而聽命海内歡忻而蒙德十二年間法全而令具治定而功成然則天下既已無事矣臣愚過慮竊意萬幾之繁久勤宵旰臣願陛下儲精蠖濩游意太清小職細務責之三省百司而獨操其要者在於察股肱之任必出於公使無朋比之欺擇耳目之官咸竭其忠使無壅隔之患如此則職何小而不舉事何細而不聞不待悉煩聖慮而天下之理得矣臣愚不勝區區螻蟻之誠

上皇帝書

臣聞忠臣雖在畎畝不忘其君志士雖無其位而憂在天下何則君臣之義出於天性天下之人同於一體是以伊尹耕於有莘而自任以天下之重仲尼孟軻身為匹夫而汲汲皇皇彼皆遭非其時猶欲使其君為堯舜之君使其民為堯舜之民孔子亦曰如有用我者吾其為東周乎孟子亦曰豈徒齊民安天下之民舉安況臣生逢盛世身事明主豈不顧陛下享天下之安天下同

陛下之樂承祖宗深厚之德澤固萬世無窮之基業而
臣尤以為幸者以陛下性體帝堯之仁躬行周王之孝
有大舜取人為善之大德有成湯改過不吝之誠心加
之以欽明文思之聖學允恭克讓之懿行是以手詔每
下天下無不感悅雖遠方窮僻之民皆知陛下之為聖
主也然而天下之民猶有不得盡被陛下之澤而經國
之術猶有不得盡如陛下之意者豈非有司議法之過
官吏行法之弊乎臣讀易得其說曰天地之大德曰生

聖人之大寶曰位何以守位曰仁何以聚人曰財理財正辭禁民為非曰義今陛下有天地好生之德居聖人大寶之位守之以仁行之以義而臣下未有稱陛下之旨任天下之責者夫守位莫大於得人心聚人莫先於經國用此誠陛下今日之所留意而已行之矣然臣猶有區區之說者誠謂更化之際古人所難調一之道必有其要故臣為得人心之說有四一曰廣恩宥二曰解朋黨三曰用有德四曰重守令為經國用之說有六一

曰修錢貨之法二曰修鹽茶之法三曰修居養安濟漏澤之法四曰修學校之法五曰修吏役之法六曰修轉輸之法臣所謂廣愚宥者誠謂陛下前日聽任之過法度或有未便刑罰或有失中天下雖知陛下之德而行法之吏不無失人之心臣願陛下曠然為盛德之舉下責躬之詔其意若曰迺者失於聽任法度過差恐吾民至有陷於非辜賢者或有廢而未用人失其所澤不下宣因推應官吏軍民之在罪籍者無輕重悉使自新如

此則天下之人孰不懽然交悦益知陛下之為聖前日有司之為過也臣所謂廣恩宥為得人心之術者此也夫然後除其黨籍勑戒有司應令赦以前不得復論繼令以後不得復以朋黨為言朋黨之論誠非國家之利也夫一身内有九族之衆外有婚姻之黨又有朋游之好一家十人十家百人百家千人以一人失職千人懐慼一口傳情萬口傳聲陛下誠能念其前事之已往歳月之已久所言失當者或出於忠誠之憤激所為繆戾

者或出於愚暗之無知天下樂生之情同於昆蟲何所不受陛下好生之德同於天地何所不容臣願無問罪之輕重時之先後人之邪正悉因大霈一切釋之兩解其黨應前任宰相執政者與之三京四輔前任侍從者與之師府望郡前任臺省官者與之列郡餘官各隨資任聽其仕進已亡殁者悉復之有恩賜者悉還之如此則人無懷疑下無失職之歎幽明咸被其澤賢愚各得其所回千人之憂戚為四海之懽聲臣所謂解朋黨為

得人心之術者此也臣所謂用有德者臣誠謂天下之人有有德者有有才者有才德兼備者操行無邪持心近厚所謂有德也人所不能而已能之所謂有才也才德兼備者上也有德而無才者次也有才而無德者又其次也無才無德斯為下矣故曰賢者在位能者在職又曰任賢使能所謂賢者有德之謂也所謂能者有才之謂也賢者在位則朝廷尊朝廷任賢則天下服夫為德非一日之積也德成而信於人又非一日之所致也

臣願陛下博選耆艾參用舊德蓋耆德之人知古今之多閱世故之久必能為陛下稽古愛民必不為陛下妄作生事而又天下之所素知人心之所素服用之於一方則一方之民悅用之於朝廷則天下之民悅陛下能用民悅之人是陛下得民之悅也臣所謂用有德為得人心之術者此也臣所謂重守令者誠謂天下一家萬民為本積縣為州積州為國縣不得人則為陛下失一縣人之心州不得人則為陛下失一州人之心國不得

人則為陛下失天下之心是人心者為州縣之根本州縣者為天下之根本今朝廷之上選賢用能而州縣之任未嘗選也資攷應吏部之格者可以得也朝廷以為不才而黜逐者可以得也夫朝廷以堂選為重吏部為輕而郡守縣令以吏部得之是州縣之任輕於朝廷也朝廷以進用為才黜責為不才而郡守縣令以黜責得之是朝廷輕郡守縣令之任也臣願立守令之法重州縣之任應今後朝廷之黜責者不得任郡守縣令朝廷

之選用者必自郡縣守令選除如此則守令知自重而不敢害吾民民知上愛我莫不懷上德臣所謂重守令為得人心者此也臣所謂修錢貨之法者其說有三一曰當十二曰夾錫三曰陝西鐵錢夫錢本無用而物為之用錢本無重輕而物為之重輕此聖智之術國之利柄也臣竊計自行當十以來國之鑄者一民之鑄者十錢之利一倍物之貴兩倍是國家操一分之柄失十分之利以一倍之利當兩倍之物又況夾錫未有一分之

利而物已三倍之貴是以比歲以來物價愈重而國用愈屈為今之說者不過曰官既能鑄聽其自輕重又不過曰如慶歷之法以漸減其分數此二說皆不可也夫盜鑄當十得兩倍之利利之所在法不能禁也自行法以來官鑄幾何私鑄幾何矣官鑄雖罷私鑄不已也私鑄不已則物價益貴刑禁益煩而物出於民錢出於官天下租稅常十之四而糴常十之六與夫供奉之物器用之具凡所欲得者必以錢貿易而後可使其出於民

者常重出於官者常輕則國用其能不屈乎此一不可也慶歷之法前日行之東南是也自十而為五自五而為三自三而為小鈔自十而為五民之所有十去其半矣自五而為三民之所有十去其七矣小鈔之法自一百等之至於一貫民之交易不能悉辨其真偽一也輸於官而不可得錢二也是以東南之民不肯以當三易鈔而盡銷為黃錢此前日已行之弊也然而所以得行者尚以改鑄之日未久散於天下者未多況今公私之

鑄日久併於五路與京師者日益多其可復如前日公私有五分七分之損乎此二不可也然而當十必至於當三然後可平夾錫必併之然後可行陜西鐵錢必通之然後可重臣之説欲官出進納誥敕與度牒紫衣師號見錢公據六等以收京師五路當十隨其錢數物直平易之其有奇零不及數者則隨其多寡塡給公據許得貿易若自便於榷貨務算請諸路鹽鈔以一季為限於是悉以所得當十椿管逐路或上供京師隨其所用

改為當三通於天下國家無所費而坐收數百萬緡之用其利一也公私無所損而物價可平其利二也盜鑄不作而刑禁可息其利三也然而六等之説所出既多則必停壅不售停壅不售則其直必減其直既減則公私或損臣欲進納前日之給綾紙宣帖者悉更為誥敕而度牒紫衣師號悉用黄紙自法行之後應官司惟得書填今來進納誥敕及黄紙度牒紫衣師號候畢方得書填舊降文字如此則無停壅之弊價輕之患矣此修

當十錢之法也夾錫之弊其行未久輕於銅錢三之一十三當銅錢之十臣欲併於河北陝西河東三路陝西鐵錢之弊其積已多輕於銅錢一之十五臣欲通於河北河東兩路蓋錢以無用為用物以有用為用是物為實而錢為虛也故錢與物本無重輕始以小錢等之物既定矣而更以大錢則大錢輕而物重矣始以銅錢等之物既定矣而更以鐵錢則鐵錢輕而物重矣物非加重本以小錢銅錢為等而大錢鐵錢輕於其所等故也何則小

錢以一為一而大錢以三為十故也銅錢以可運可積為貴而鐵錢不可運不可積為賤故也以其本無輕重而相形乃為輕重故臣之説欲併夾錫與鐵錢通行於河北陜西河東三路而禁使銅錢其三路所有銅錢許過銅錢路分行用其京東京西兩路夾錫錢許過鐵錢路分行用若河北陜西河東行使銅錢京東京西行使夾錫鐵錢與銅錢之入三路夾錫鐵錢之入餘路各論如私錢法如此則鐵錢與物復相為等而輕重自均矣

陜西鐵錢幾廢而可以復行其利一也銅錢不流於敵國其利二也敵人盜鑄而無所復用其利三也其或鐵錢尚輕物價尚貴又有二説以濟之鐵錢脚重轉徙道路不便於往來一也拘於三路而不可通於天下不便於商賈二也臣欲各於逐路轉運司置交子如川法約所出之數椿錢以給使便於往來其説一也朝廷歲給逐路糴買之數悉出見錢公據許於京師或其餘銅錢路分就請以便商賈其説二也前日鈔法交子之弊不

以錢出之不以錢收之所以不可行也今以所收大錢椿留諸路若京師以稱之則交鈔為有實而可信於人可行於天下其法既行則鐵錢必等而國家常有三一之利蓋必有水火之失盜賊之虞往來之積常居其一是以歲出交子公據常以二分之實可為三分之用此修夾錫鐵錢之法也臣所謂修茶鹽之法者臣欲并酒法而總其鹽鈔算請之數買茶搭息之數榷酤淨利之數坊場買撲之數通天下五等而三之為上中下十有

五等歲各出緡若干一切弛其禁令使民自便國省官吏而歲入有常其利一也户出緡錢至少而得以自便其利二也小民各安其業而商賈得通其利三也姦盜不作而刑罰可省其利四也臣所謂修居養安濟漏澤之法者前日朝廷既常修之矣然其利未廣其費尚多臣誠欲廣陛下之惠息縣官之費謂應天下鰥寡孤獨之無歸者疾病之無養者死亡之無葬者宜令各許所在近便寺觀隨宜收養葬薶每通計及若干人給度牒

一道如此則生養死葬者各得便一利也天下寺觀各得度人二利也官無濫費而獲實惠三利也德澤益廣而可以久行四利也臣所謂修學校之法者誠謂前日之法太煩而難守費廣難久官有一歲四科場之勞士有五歲一應舉之患春季一試夏季一試秋季一試冬季一試官吏之勞紙劄之費悉如貢舉之法是一歲而有四科場也豈非官以為弊乎一試入縣學一年然後赴歲升再試入州學一年然後補內舍三試升內舍一

年然後補上舍升上舍者歲終然後入辟雍入辟雍者
遇大比然後得推恩凡此數者每試必得必有攷察必
遇大比已五年矣而况試未必得得未必有攷察貢未
必遇大比是又有七年之久者有終身不得進者豈非
士以為患乎臣欲廣陛下教養之意而覈其實蕳有司
選試之法而省其費謂宜州置州學教授一員命官充
之選有學行者視其資秩為請給人從之數縣置縣學
教授一員舉人充之月給職錢五千學生之入縣學者

不試不給食學生之入州學者初歲一試外舍取文理通者不限以數比歲再試內舍取外舍十之一三歲再試上舍取內舍十之一於是貢於太學太學總天下所貢之數而大比焉又取十之一乃奏名而官之應三舍生願在學與游學於外者聽其自便內舍以上官給食若在外犯公罪徒私罪杖雖贖及在學犯第二等以上罰者各不得預試每大比之後一再試如初法嘗預貢者免試外舍至於試士之法其弊亦久人守一經無不

出之題文為一格無甚高之論以博學好古為迂濶以綴緝時文為捷徑是以老成久學之士未必得而後生淺聞之徒多預選臣謂宜革選試之法使人試五經大義各一條為第一塲子史時務策各一道為第二塲宏詞為第三塲如此則才高實學者無不遇之嘆而新進寡學者無濫得之幸是為今日學校之所養者必為他日三舍之所選今日三舍之所選者必為他日朝廷之所用學校益廣一利也攷選益精二利也士得自便三

利也所費至省四利也臣所謂修吏役之法者其說有二以田募吏一說也以兵代役二說也以田募吏之法水田上等一頃中等一頃半下等二頃陸田上等二頃中等三頃下等四頃州縣每案募吏一人使世其職身歿聽以子孫家人承代試而後補犯枉法自盜贓者還其田别募隨其案之職務煩簡許保任書守一人至三人月給雇直三千犯枉法自盜贓者同罪餘罪輕重有差如此則吏得久其職而可以責任一利也人知自愛

而重犯法二利也民不受弊三利也雇直可省四利也以兵代役之法應州雇散從縣雇手力悉易以廂軍廂軍不足以禁軍其教閲更代差出各如本法即不得下鄉幹當公事如此則雇役可省其利一也兵無冗食其利二也臣所謂修轉輸之法者臣誠以為領使太煩轉輸不一財散而費廣權分而勢輕臣欲悉減諸司官每路只置轉運使一員使轉輸財賦按察使一員使察廉吏治皆以望重品高者為之許各辟官屬分治其事如

此則權一而事治其利一也官省而費輕其利二也凡此十説臣皆推原陛下仁聖之美意修廣今日已行之良法於當更之時順民悦之情定一代之典為萬世之利至於事之緩急行之先後法之纖悉儻蒙萬幾之暇留神聽覽或有可采别其條對出自宸衷斷而行之臣非敢懐邪而覬望希賣而幸進惟欲陛下受天命無窮之福天下安陛下和樂之政宗廟永寧社稷永固臣之至願也

表

代郭守賀嘉禾表

和氣薰蒸祥生嘉穀泰符協應慶及豐年凡在照臨孰不抃蹈恭惟皇帝陛下撫千齡之昌泰纂七聖之宏規繼述丕謨躬行周王之孝生成庶彙性由堯舜之仁每推四海之咸寧不忍一夫之失所格顧成於宗廟眷佑於皇天休順大臻嘉祥並至惟農者為政之本而禾者得時之中上以供乎粢盛下以足乎民食秖園發秀

匪同異畝之耕莖穗標奇且應充箱之實固將承福基於億載光瑞牒於前圖臣邈守遠藩預聞盛事竊仰聖朝之慶將圖國用之饒欣頌之誠倍越常品

代郭守謝復職表

代言西掖詞藻非長黜守東州政經無狀會逢恩宥洊復官資進升清切之班莫稱便蕃之命寵隨覊至感與涕并竊以典謨訓誥之書自唐虞而始見禮樂文章之政更秦漢而弗全洪惟治朝大興儒學纘寶圖而創閣

昭累聖之垂文登延侍從之臣祗若祖宗之訓鋪陳帝
制宣昭聖謨況先帝丕顯之攸居實方今紹述之所本
列職禁近得預時髦如臣者憂患餘生江湖末系學類
瓠而無用性匪石而不移守道衡門每有終身之志觀
先上國偶為多士之先再試有司始階仕版間關州掾
叨冐學宮緣坐罷官棲遲赴調謬以不虞之譽寢蒙上
聖之知辟雍英俊之廛濫居師席學制教化之首參預
官聯尋使事而復留階郎曹而被選以至執筆柱下掌

誥省中歲幾九遷慮無一得皆由神聖之選不緣左右之容才分叨踰言章果及終蒙睿眷尚畀州符曾未期年盡還故職此葢伏遇皇帝陛下乾坤廣大雖過必容日月照臨無幽不燭察臣文采不足立身無他憐臣樸忠有餘事君盡已故因鴻霈躐進華資持槖從班望堯階而雖遠分符郡寄奉漢詔以惟寅報稱實難糜捐無所

欽定四庫全書

浮沚集卷二

宋 周行己 撰

經解

仁者見之謂之仁知者見之謂之知百姓日用而不知故君子之道鮮矣

道本無名所以名之曰道者謂其萬物莫不由之也萬物皆有太極太極者道之大本萬物皆有兩儀兩儀者

道之大用無一則不立無兩則不成太極即兩以成體兩儀即一以成用故在太極不謂之先為兩儀不謂之後然則謂之一陰一陽者不離乎一也謂之道者不離乎兩也所以太虛之中絪縕相盪升降浮沉動靜屈伸不離乎二端散殊而可象者為物物者陰陽之迹也故曰乾陽物也坤陰物也清通而不可象者為神神者陰陽之妙也故曰陰陽不測之謂神不測則不可謂之二成物則不可謂之一二即一而不離神體物而不遺見

此者謂之知道體此者謂之得道然是道也夫何遠之有哉繼於善者進乎此矣成於性者復乎此矣孟子曰可欲之謂善又曰性無有不善夫善者對不善之稱也可欲者對可惡之稱也無不善則亦無善之可稱無可惡則亦無欲之可稱是知失性者天下之不善也不善者天下之可惡也得性者天下之善也善者天下之可欲也然則人之有善皆得乎性者也人之有不善皆失乎性者也苟能食則見善於羹坐則見善於牆立則見

善參於前在輿則見善倚於衡顛沛必於善造次必於善相繼無間不離於道矣善既純一則無不善不善既無善亦不立成於性者也成於性則無不全也無不盡也然而命於陰陽者氣質之稟不同則昏明之性亦異成性於仁者以斯道謂之仁斯道非不仁也然仁不可謂之道成性於知者以斯道謂之知斯道非不知也然知不可謂之道皆其成性之不同所見之不周猶伯夷得聖人之清柳下惠得聖人之和非不善也然不可謂

之大成夫一物之中皆具一道一道之内皆具陰陽不
能盡其大心以充其性遂以小見為大道止於斯良由
生稟之或偏而不知學或學之不至而小成此皆賢者
之過所以君子之道鮮也至於天下之民目視耳聽手
舉足運無非道者朝作暮息渴飲飢食無非道者然而
察其聲音鈎鈎目視眴眴有生而已終身由是曾不知
洒掃應對之妙道而耕稼陶漁之可以聖也是豈道之
遠人哉孟子曰行之而不著焉習矣而不察焉終身由

之而不知其道者衆也此皆不肖者之不及所以君子之道鮮也夫所謂君子之道中而已矣或偏於仁或偏於知過乎中者也日用而不知不及乎中者也太極即中也中即性也太極立而陰陽具乎其中矣性成而陰陽行乎其中矣是故易之為書陰陽之道也六十四卦三百八十四爻無非是者然而得所謂君子之道者寡而過與不及者多此孔子繫辭所以明一陰一陽之道而深嘆夫君子之道鮮也雖然萬物負陰而抱陽誰獨

身無道乎反身而誠斯得之矣此所以天下之人不可自棄而學易者不可以不盡心也

曲禮曰毋不敬儼若思安定辭安民哉

曲禮者禮之至曲者也大則簡曲則詳然曲能有誠至於變化豈有一致哉故其為禮者曰毋不敬所以戒夫人之不可以不敬也葢敬者君子修身之道也所以閑邪而存其誠者也敬斯定定斯正正者德之基也慢斯怠怠斯邪邪者德之賊也古之人相在爾室不愧屋漏

出門如見大賔使民如承大祭何所不用其敬哉儼若思者非思也凡思者其心必有所止心有所止者其耳目視聽必有所忘葢其心定者其容寂此儼者所以若思而非思也古之人知止而慮善恭默以思道此有思者也南郭子綦之隱几嗒焉似喪其耦顔淵之坐忘黜聰明墮肢體此無思者也無思者天也有思者自人而之天也古之為道如此安定辭者易所謂易其心而後語也葢一辭之不中皆心之過孟子所以謂不得於言

勿求於心不可而頤之養正君子所以慎言語是以存於心者既見乎辭攷其辭者亦可以知其人也此三者禮之大節君子學道之要也自天子達於庶人自修身至於為天下莫不一於是故敬則無敢慢無敢慢則民莫不愛矣儼則人望而畏之人望而畏之則民莫不敬矣安定辭則其言善其言善則民莫不應矣敬也儼也安定也舉乎其上者如此所以安民之道也愛也敬也應也錯乎其下者如此民所以安之之效也匹夫而有

此必有安民之術天子而有此必有安民之事故曰安民哉

傲不可長欲不可從志不可滿樂不可極

君子所以知天者知其性也所以事天者事其心也性之不明心之不存則在我者與天不相似故有長傲以悖天德從欲以喪天性所見者小則其志易滿天道虧矣所慕者外則其樂易極天理滅矣人之所以為人者天也失其天豈可謂天之人乎此其喪精失靈皆可安

之民也原夫凡人之所以有傲者何也以其有我而已矣以我為我則彼為之對矣彼我既分勝心生焉強此而劣彼此所謂傲也彼既自彼我既自我傲且不足以輕彼適所以害我是心也且不可有況可長乎若我既無我則彼亦無彼何傲之有彼有大傲者焉傲睨乎萬物之上者是也是傲也非世俗之鄙心也道獨尊而無對故也凡人之所以有欲者何也以其有物而已矣以物為物則我為之役矣物我既交愛心生焉忘己而徇

物此所謂欲也物既自物我既自我欲且不足以益我適所以喪我是心也且不可有況可從乎若物既無物則我亦無我何欲之有彼有大欲者焉從心所欲不踰矩者是也是欲也非世俗之鄙心也道無心而不留故也志固不可滿而凡人志之所以可滿者所志者利也其志在利者利得其志必滿志滿者必驕由志道者觀之不亦隘乎故大志者古今不可以為限固不可滿也樂固不可極而凡人之樂所以有極者所樂者僞也故

所樂在物物得其樂必極樂極者必淫由樂道者觀之不亦鄙乎故大樂者天地不能變萬物不能易固不可極也然則斯四者為之小者必可謂之小人矣為之大者必可謂之大人矣君子之學去其小者存其大者如斯而已矣

賢者狎而敬之畏而愛之愛而知其惡憎而知其善積而能散安安而能遷臨財毋苟得臨難毋苟免狠無求勝分無求多疑事無質直而勿有

君子之於學也能親賢然後能明善能明善然後能至公能至公然後能無累能無累然後能自立能自立然後能與人能與人然後能善世此學者本末之序也天下之人莫不善也賢者先得乎其善者也故其温良可親也其威嚴可畏也親之而不知敬則其流必易畏之而不知愛則其漸必踈易則不知善之可尊踈則不知善之可親狎而敬之而不失其尊畏而愛之而不失其親君子之親賢有如此者天下之蔽莫大乎私天下之

明莫大乎公君子之於人也無私好其所好者必善者也無私惡其所惡者必不善者也故所愛者善也不以所愛蔽於所不愛乃天下之公好也所憎者不善也不以所憎蔽其所不憎乃天下之公惡也惟能公於好惡故能不以一己之愛憎而易天下之善惡君子之至公有如此者凡人之所以厚積者必以為私所分也惟公者能以天下為度則不累乎物存人者猶在已也奚積而不能散乎凡人之所以安居者必以為我所安也惟

公者能以天下為宅則不累其居在彼者猶在此也奚安而不能遷乎惟其能散也故散而不失其所積惟其能遷也故遷而不失其所安君子之無累有如此者若夫累於物者則臨財必求苟得累於身者則臨難必求苟免惟君子忘物所以立我故不累於物忘我所以立道故不累乎身內外無累故可以得而得無心於得非所謂苟得也可以免而免無心於免非所謂苟免也君子之所以自立有如此者今天下之所以好勝者為其

不能忘我也天下之所以多得者為其不能遺物也苟能忘我而常處其弱則人之狠者不求勝而天下莫能勝矣苟能遺物而常處其不足則人之分者不求多而天下莫能損矣苟持是於天下雖之蠻貊而必行入麋鹿而不亂君子之所以與人有如此者君子之知衆人之所以疑也衆人之曲君子之所以直也然而君子有同天下之志而無善一己之心故致其大知以釋其疑使天下之疑者不疑先質其疑則天下疑矣推其大直

以直其末直使天下之不直者直先有其直則天下不直矣故不質其疑所以欲天下之皆致其知也不有其直所以欲天下之皆得其直也君子之善世有如此者凡此數者君子之所務而衆人之所深戒者也故或曰能或曰毋或曰勿語其志則一也

若夫坐如尸立如齊禮從宜使從俗

君子之所以必莊必敬者非所以飾外貌所以養其中也葢其心肅者其貌必莊其意誠者其體必敬爲尸者

所以象神不莊不敬則神弗臨之矣必莊必敬然後可以為尸故君子之坐如之為齊者所以接神不莊不敬則神弗接之矣必莊必敬然後可以為齊故君子之立如之方是時也其心寂然而無一物其孚顒若而無他慮是心也聖人之心也顏子三月不違仁不違此心也其餘日月至焉至此心也聖人從心所欲不踰矩不踰此心也聖人常顏子久其餘暫百姓日用而不知也學者舍是亦何所求哉古之人何獨坐立然後如此此特

舉其大端已也立則見其參於前在輿則見其倚於衡出門如見大賓使民如承大祭非禮勿視非禮勿聽非禮勿言非禮勿動無須臾之離終食之違造次必於是顛沛必於是所以存心養性大過人遠矣此學者入德之要不可以不思也禮從宜使從俗馬鄭之說備矣

夫禮者所以定親疎決嫌疑别同異明是非也禮者中而已矣萬物之至情天下之達德也君子不敢過小人不敢不及一定而不可易者也猶規矩設而不

可欺以方圓繩墨陳而不可欺以曲直故天下之親疎者於此可以定天下之嫌疑者於此可以決天下之同異者於此可以別天下之是非者於此可以明苟舍是焉而無以辨則總總林林亦何以相與立於天地之間哉此所以有禮則治無禮則亂也

禮不妄說人不辭費

禮者正而已矣妄說人非正也辭費非正也何也今人之所以妄說人者不有求於人必欲逭已責也人之所

以辭費者不有矜己能必欲辭已過也君子無求而安於命何為而妄説於人哉君子不矜而過必改何為而費於辭哉説以其道者正説也君子有之辭取其達者正辭也君子有之説不以道亦人之所不説而辭之多且游者亦聖人以為躁而誣善然則人亦何取於妄説人與辭費哉此禮所以不為也

　禮不踰節不侵侮不好狎

禮者分而已矣居下而犯上則踰上之節不知下之分

也居上而偪下則踰下之節不知上之分也侵侮者失人不知人之分也好狎者失己不知己之分也君子明禮而知分故居上不驕為下不亂與人不争處己必敬此所以作事可法容止可觀而為萬夫之望者也

修身踐言謂之善行行修言道禮之質也

孳孳為善者舜之徒也孳孳為利者跖之徒也天下莫不為善豈人人為舜也歟哉非也方其為善其心則舜之心也天下莫不為利豈人人為跖也歟哉非也方其

為利其心則跖之心也故人不可以不為善也雖小善而必為然後能為大善舜之所以為舜者以其樂取諸人以為善聞一善言見一善行從之莫能禦也然則如之何斯可以為善矣曰修身也踐言也修身者必敬踐言者必忠忠與敬者善之大端入德之要也故曰修身踐言謂之善行行篤敬則行修矣言忠信則言道矣故曰義以為質禮以行之又曰忠信之人可以學禮此行修言道所以為禮之質也苟無其質雖習於曲禮威儀

之多君子不謂之知禮晚周之衰天下士大夫既其文而不既其實莊周寓言矯弊遂以為忠信之薄而道之華此豈吾聖人所謂禮云禮云者乎

禮聞取於人不聞取人禮聞來學不聞往教

君子有財以給天下之求有道以應天下之問其心必欲無一夫之不獲其所而天下之人皆至於道聖人在上則行其道聖人在下則懷其志故堯舜所以猶病於博施濟衆而孔子乃於其老者安之朋友信之少者懷

之此豈取人而往教所得周哉蓋取人則失已往教則枉道聖人中道而立使天下之人皆得取於我而來學以求正焉則已立而給不匱道大而應無方然後天下之人皆得預被其澤而有足者咸可以至於斯此禮所以在彼而不在此也

文之以禮樂

孔子曰立於禮成於樂孟子曰禮者節文斯二者是也樂者樂斯二者是也君子之為人不惟率性守質而已

固有禮樂以文之也今人有大其居者知丹雘之為麗則必塗其垣牆然後謂之富室有愛其身者知衣服之為美則必飾以組繡然後謂之備服此庸人匹夫之所及非有過人之智而後能也今之修性學道反不能焉豈禮樂之不及歟葢以謂不足為而不為耳天下之咎莫大於不足為不能為者次之不足為者曰禮與樂者人之文也吾將遊乎天而皆不足為也孟子所謂非徒無益而又害之者是也不能為者孳孳焉拳拳焉守一

善占一藝以終其身則其無咎也亦有間矣彼之自絕於禮樂者其學蓋出於老氏齊其上下等其君臣漠然欲置天下於無而人之所以相生養之道與其所以懽欣交通之情皆不若相忘之為愈此其寡恩於禽獸也甚矣嗚呼胡為學聖人者反樂此之異哉若臧武仲之知公綽之不欲卞莊之勇冉求之藝所守一善占一藝以終其身者雖然禮樂非有異於人之性也學者止於道焉而已性者道之質也禮樂者道之具也上焉者生

而能之中焉者學而能之下焉者勉而能之及其至也
皆謂之成人可也然則聖人豈異於人哉
乃所願則學孔子也
嗚呼孔子之生所謂不幸之幸者也不幸而生於世衰
道微終以窮死復幸而得賢弟子有顏回者師其道於
當時有孟軻者師其道於後世而聖人之道庶幾乎有
傳雖然吾嘗謂為顏回者易而為孟軻者難揚雄所謂
在則人亡則書其說葢亦未盡也譬夫見龍而象龍與

不見龍而畫之者形容具存而耳目可及故象者易為力若夫目之所未嘗見耳之所未嘗聞而區區求諸有無之間而擬其形容故畫者難為功也雖然聖人之道言所不能傳而非言亦無以傳是故善學者因其言而求其心躍然有得於中然後合之於聖人之道果無以異也而後為之是亦聖人也故見而師之於當時者易聞而師之於後世者難知其難而能難者後世有孟軻一人而已孟軻真知孔子者也故其言伯夷伊尹柳下

惠以謂皆得聖人之一偏而獨推尊孔子為集大成又從而為之辭曰乃所願則學孔子也故言伯夷之清柳下惠之和伊尹之任則譬之以力孔子之集大成則譬之以巧蓋巧者能中而力者能至也夫射者期至於的也有力者皆能至其在東西上下未可知也惟巧者能中於的故孔子之道無可無不可者也伊尹伯夷柳下惠之道或清或任或和皆東西上下者也孔子之道聖人之中也行之萬世而無弊伯夷伊尹柳下惠 聖人之

過也天下之賢者行之而無弊不肖者行之而有弊天下之知者行之而無弊愚者行之而有弊其中者常道也其過者權道也伯夷伊尹柳下惠之憂後世也深孔子之慮後世也大其立教異也其心則皆聖人之心也故學者必明夫聖人之心此不可不知也

浮沚集卷二

欽定四庫全書

浮沚集卷三

宋 周行己 撰

策

兩漢興亡

愚嘗謂國家之興亡天也非人所能為也一歸於人不可也雖然因是人之言而興則是人之功也因是人之言而亡則是人之罪也一歸於天不可也攷諸兩漢之

興亡則斷可知矣何也夫西漢之興始於韓信之一言其亡也始於張禹之一言然而西漢之興亡亦非二人者能為之也東漢之興始於鄧彤之一言其亡也始於胡廣之一言然而東漢之興亡亦非二人者能為之也請捨其說而備言之夫漢興之初劉項雌雄之未判高祖猶豫而未決得韓信一言遂任武勇封功臣決策東向傳檄而天下定矣世祖方得二郡之助而衆兵未合議者欲因二郡之衆建策入關向使從其言是委成業

而臨不測漢之為漢未可知也邪彤廷爭光武一悟而大功立矣夫二京之興是二人之力也孝成之世日食地震災異洊臻吏民上書皆言王氏之盛張禹以國之元老天子猶豫躬萬乘而下問焉禹乃私己畏禍不斥言其弊反引春秋之事以為詭說王氏既固而漢祚之基絕於此矣質帝之沒建立之權係於大臣胡廣以國之舊臣朝廷倚重不從李固之忠言而苟合梁冀之邪謀昏主立而漢室衰矣二京之亡此二人者實任其責

也故曰由是人之言而興則是人之功也由是人之言而亡則是人之罪也一歸於天者非也然而兩漢之興亡雖因是四人者而求其所以興亡葢亦久矣周之於穆不已詩人以為天之命夏禹之立啓孟子以為天與之則夫社稷之興亡豈一人之力哉且以秦失其鹿天下共逐之智者用其謀勇者用其力人人皆以為可立取也陳項之鋒鋭不可嬰高祖非有祖宗積累之休德澤施於民之久也然而奮衣提劍七年而成帝業成功

之速抑何由而致之哉新室之亂盜賊強梗羣聚山谷
磨牙揺毒以相噬螯世祖之興語其才非若高祖之英
雄也語其謀非若高祖之洪遠也然而奮臂一呼四方
響應昆陽之役一舉而天下為漢宜陽之師不戰而赤
眉束手者此豈一人之力哉及其衰也西京自成帝而
東京自桓靈之後庸君繼出禮樂政教不足以維持國
家恩惠德澤不足以浹洽生靈委政外家權臣擅命因
緣積習以底於亡其間略無一君聰明睿斷為之扶衰

振朽此又豈人之所能為哉故曰國家之興亡天也非人之所為也一歸於人不可也雖然人臣之言不可不慎也兩漢之興後世必歸其功於韓信彭越故讀其史則有深嘉而屢歎者矣兩漢之亡後世必歸罪於張禹胡廣故讀其史則有憤懣而謾罵者矣皆不可逃於後世也嗚呼人臣之言不可不慎如此昔唐高宗之世幃房易奪大臣不從李勣以老臣輔少主天子委誠取決勣乃畏禍從而道之武氏奮而唐之宗族戕滅殆盡國

祚幾絶議者以幾於一言喪邦此張禹胡廣之類哉然而國家之有是事也是人也亦天之為也故學者讀其史而泥其迹亦何異於指釜為魚哉愚所以推其意而併以獻焉

風俗盛衰

今之天下古之天下也一何異於古乎古之民今之民也一何乖於今乎豈九重睿聖不逮堯舜禹湯之隆而二府登賢非禹稷臯陶之盛耶然則十八路之地數百

州之民倉廩實而禮節或未治既庶富而教化或未及積習之俗未革於忠厚漸漬之風尚溺於偷薄將誰責之而可百里之縣未得其令也千里之郡未得其守也是以主德不宣恩澤不流而民之利害壅於上聞也則雖吾君吾相相與顧治之勤竊病下民之未盡知也豈非為吏者鄙不足以推君之治而致之民則所以治者未必治歟嗚呼甚哉民之無知習見善則安於為善習見惡則安於為惡郡守縣令民之師師而風化之所瞻

也道民之道可不慎哉攷自載籍之傳其治道之得失習俗之美惡流風遺烈百姓猶有存者故太王好仁而邠之人貴恕僖公好儉而晉之人蓄聚燕之人敢於急名公之遺風也朝鮮之人至於有禮箕子之教也長纓鄙好且變鄒俗紫衣賤服猶化齊風故聖人之於仁義深矣其於教也勤而不怠緩而不迫欲民漸習而趨之至於久安而成俗也故三代御俗有風化有法制君仁莫不仁君義莫不義汙者修悍者愿躁者慤農莫不以

力盡田賈莫不以察盡財工莫不以功盡器士莫不以
道盡學此風化之至也分地以建國度土以居民正井
邑均賦税宫室器用各有制衣服飲食各有度此法制
之行也風化所以動民之心法制所以定民之志法制
立而風化行故廉恥興而忠厚之俗成薫為太平垂祀
八百年而傳三十六王後世雖法制之去而暴君汙吏
毒民以苛刻民有畔心則思先王之仁而不忍去欲為
亂則思先王之義而不敢作蓋其所以宥民者深而禮

義之風未衰廉恥之心未盡也後世欲治之主圖所以治天下者莫不有法制亦莫不有風化然一授非其吏則刑罰勝而仁義之道不行故法制壞而風化不宣於下國異政家殊俗賈誼所謂移風易俗使天下回心而向道類非俗吏之所為者此也故有偏舉之政有不勝之俗得良吏則敦厚之俗勝矣得健吏則節義之俗勝矣得貪吏則盜竊之俗勝矣得酷吏則忮暴之俗勝矣故盜賊所以未息刑罰所以未省庸吏擾之也欲善俗

莫若擇吏然良吏之所施設則各論俗而尚教奚必同條而共貫哉若龔遂為渤海首率以儉約文翁為蜀先化以學校南陽好商賈名公富以本業潁川好爭訟分異黄霸化以篤厚若是皆救民風之失起不舉之教何必華山之縣耳然後行遠乎竊惟今日之盛豈無若是數人者足以治天下而郡縣簿書期會為務而風俗壞則因循而不為慮此所以積習之俗未革為忠厚漸漬之風尚溺於偷薄盜賊或未息刑罰或未省也為今之

說莫如除汰珪符妙簡銅墨以是重其任至其黜陟亦以是則何患乎不若三代之盛時哉

孔門四科兩漢孰可比

嘗謂有聖人之學而無不可成就之才然古之常人每足以過人而後世卓犖高才有不及焉何也是非出於天者不同而所以成就之者異也古之人其所以學於聖人者吾不知其果何事而昔之人嘗以管仲許人者彼乃愀然見於顔色而甚不取之至於子路則曰吾先

子之所畏也夫子路之才不過足以宰百里而管仲相桓公霸天下其功烈赫赫如此是人也乃獨羞其所大者而深畏其所小者此其志豈不欲為管仲之所已成者而進夫子路之所未就者歟葢其學不同也是以劉向比仲舒於伊尹而歆以謂師友淵源未及孔門游夏此誠知言故為樂正子得聖人所學之要孟子曰樂正子善人也信人也夫學者至於自信則本立矣積而充之以至於聖人無疑也然則士之學亦必先正其本而

成就其大則必有大過人者矣此孔門之學其見於答問之閒雖循循有序而不相躐然自洒掃應對以上要皆所以去其養心之害而導夫至正之路必使至於確然自得而後已夫是故雖愚必明雖柔必強而孔孟之徒所尊畏者不過四科至於他所學存於己亦皆有過人者是非謂其才皆足以過人謂其得聖人之學者亦各因其仁智之見而成就其才此學不傳而道不明於天下士之習尚又或蔽於一時之俗而激於當世之風

若西漢之尚功名東漢之尚名節及方之孔門四科則不可同日而論葢嘗觀其名實班班為史氏所稱道者多矣然而齷齪𪙊謹無能往來當時以為德行而不可方之顔閔從容平勃遨遊二帝當時以為言語而不可比之宰我子貢附會陰陽之說牽合異同之論當時以為文學而不可比之游夏發奸摘伏條秩可觀當時以為政事而不可比之冉有季路又其間卓然為學聖人者如揚雄葢後之人嘗比之孟子則四科之列優為之

也而觀迫於禍患曾微顏子之樂其貧賤而著之於書乃不如子貢之足以知聖人也又况其餘乎嗚呼觀人者亦必求其所以存於心者而不必事為已效若顏子之學孔子葢嘗存心於視聽言動之間而得之於哀樂未發之際其所以未至於聖人一間者特有見於所立卓爾之故孔子已許之可以共其出處則得其所設施又可知矣若夫宰我子貢冉有學聖人之道者也雖於孔子之道有所未至而皆足以知聖人之要故其所謂

德行言語文學政事也非後世所謂德行言語文學政事也雖然是數子雖不得盡用於世得夫聖人明之以有聞於後世故學者因以得其言而攷之若兩漢數百載間豈無豪傑特立之士能傳聖人之學於千百載不傳之後不幸不得有為於世而又不幸不得聖人發明而雜出於傳記猥與下槩同流亦不無其人而愚亦謂黄憲徐孺子真顏子之流至於沉其光耀而不得聞者夫豈少哉

策問

聖賢之學

問昔吾夫子居於洙泗之間從之遊者三千人而顔子最稱高弟後世學者皆曰吾師孜其志業蓋淡如也簞食瓢飲不改其樂夫子稱其賢不遷怒不貳過夫子稱其好學乃若言志不過願無伐善無施勞而喟然之嘆則曰既竭吾才如有所立卓爾若與今之所謂學者不相似然何夫子與之同其行藏而於為邦之問告之以

王者之事古人不吾欺也遐想高風若有不可及者抑不知夫子之門果何所學乎夫以孟子之雄才卓然名世宜其前無愧於古人乃其所願猶吾夫子學而所以推稱顔子蓋嘗以為與夫禹稷顔回同道學者論世尚友不可以不知也昔人嘗以子貢賢於夫子嗚呼賜也猶不敢望回況於夫子哉夫人之知人不若自知之審此無足疑也而世之學者皆曰夫子大聖人也顔子大賢人也而去孔子一間者也此可以為知言矣然猶意

其人云爾吾亦云爾抑不知孔子之所以為聖者果何道而顏子之所以賢而去聖人一間者果何事使孟子生於孔子之時亦將並駕其說於天下乎將果如其所願而學之乎如其學於孔氏之門也比德顏子又將孰先而孰後乎讀其書不知其人不可也如或知之使後之學者知聖人之道將何自而入入聖人之門復何修而至韓愈曰軻之死不得其傳信斯言也聖學之不傳久矣有人於此猶見聖人之心默得聖人之道是得其

傳於千載不傳之後矣是亦吾孔孟之徒矣此學校所以當講也各示所見無隱

司徒典樂之教

問孔孟而上教化一出於官長司徒以待萬民典樂以待國子自堯舜迄於成周未之或改豈人心固同歟讀其書嘗聞其略矣三教六德六行六藝司徒之任也直溫寬栗剛而無虐簡而無傲樂德樂語樂舞典樂之任也兩者為教將同乎將不同乎何其待之異也抑又有

可疑者成於樂學之終也為國子者豈皆不待下學而能立於禮乎實則不至躐等以賊夫人之子非先王之用心也若聖與仁吾夫子所不敢居也司徒與民固遠將躬率以正善其耳目且猶不可況載色載笑告之話言又可乎乃能使鄉人共進此道其術安在周公必不我欺遐想遺風使人抱經而嘆何其高且遠也今諸君從事於兹出於天子命之亦古所謂教官之屬也若孔孟而下曰師曰弟子云者乃王澤既熄之後羇臣遊士

區區憂世之所為私淑艾可也不足為今日言也

好惡

問章子通國皆稱不孝而孟子為之禮貌仲尼賢於堯舜而魯人以為東家丘夫人好惡之相絕豈直為尋常之間哉昔人有問於吾夫子者曰鄉人皆好之何如曰未可也鄉人皆惡之何如曰未可也不如鄉人之善者好之其不善者惡之此其為好惡之說甚審也然而物我異觀是非相埒彼其善者曰吾所好者善也所惡者

其不善也然則所謂善與不善又孰從而定之哉嗚呼善惡好惡不能定於一鄉而况天下乎昔許劭有人倫鑒汝南之俗號為月旦評至同郡畏其名節豪傑資其品題其所裁量遂為譭論豈其知人之性素明成敗之迹已驗歟按此下有闕文

王道

問三代以來一姓傳有天下受命而王歷數久近皆天也然而必以有道而興無道而亡是以周過其歷秦不

及期由漢迄唐罔不由此書曰與治同道罔不興與亂同事罔不亡敢問歷代之所以興者何道所以亡者何事孔子孟子言王道詳矣諸生習乎詩書禮樂之文心乎仁義道德之實達乎三王之法而覽乎歷世之道見其始而知其末聞其風而知其自敢問王道之所以為道者何道也必有取法於斯君孔子孟子云者何事也歷世得之多得之寡者何代也損之益之施於今者何宜也詳言之無隱

孔門數子得失

問孟子嘗謂聞伯夷之風者頑夫廉懦夫有立志聞柳下惠之風者鄙夫寛薄夫敦奮乎百世之上百世之下聞者莫不興起且仲尼之於二子者可謂出乎其類拔乎其萃者也從之遊者洙泗之間誾誾行行疑者有質問者有答惑者有解失者有救親炙漸摩所得博矣盍非特聞風而已矣三千之徒稱善七十二子又豈有頑懦鄙薄之比哉然而以由之果而有愠見之稱以求之

藝而有聚斂之貪以賜之達而有貨殖之汙宰予忘父母之愛而必於短喪子夏捐道義之樂而悅於紛華數子之失古人不我欺也以爲質之不美歟則其賢又列於四科馬以爲自外入不能盡性之所充歟而孟子謂聞夷柳之風其效若此之盛豈吾聖人又或少貶耶抑古之學者入道自有攸趣未易窺較歟不然胡爲其然耶諸君仲尼之徒也於數子之得失商確之審矣明以復我

君子小人

問爲天下者用君子則治用小人則亂此甚不難知也自古人主亦未嘗欲用小人而不欲用君子然而卒用小人而不用君子以至於亂亡者誠亦不明夫君子所以爲君子小人所以爲小人而已矣且以治世之君以君子爲君子而用之亂世之君以小人爲君子而用之甚哉君子小人之難知也君子於此必有道矣諸君一日從事於斯如有道人主進君子而退小人使昭然不

疑於其間將何為說願預聞焉

賈誼馬周所言

問古之人有一言而可以興邦者不可以不知也漢文帝時幾至刑措而賈誼有流涕太息之言唐至貞觀米斗三錢外户不閉可謂治平矣而馬周所建言皆切一時葢天下未嘗無事惟其安不忘危所以常安治不忘亂所以常治雖堯舜之為君禹臯陶益稷之為臣不能忘儆戒於無事之時國家承平百有餘年自三代以來

未有如今日之盛也然欲不忘儆戒於無事之時以防危亂於治安之日將亦有所謂流涕太息事有切於一時者乎夫賈誼洛陽少年馬周常何家客彼皆有王佐之才諸君自視寧將歉然盍亦言之以觀諸君之才之識如何其小大遠近也

學校科舉

問為天下者莫急於得才學校所以養才也科舉所以取才也方今内有太學外有郡縣之學太學養士數千

百人郡縣之學多者數百人少者數十人不為不盛矣而科舉三歲所取進士經律特奏名率千數百人不為不多矣然而朝廷議者猶患人才之難夫豈養之之道有所未至而取之之法有所未盡乎將欲學校之間講所以養之之道以益今日之所未至科舉之外設所以取之之法以廣今日之所未盡亦有說乎諸君從事於斯久矣必知其說知其說而不以告也可乎不可

煮海榷酤之禁

問煮海榷酤之利縣官經費仰給居多或曰非三代之法此甚高之論不可行於今然而利之所在民自從之雖日殺之不可禁今郡縣斷罪犯此兩禁者日相屬也夫既曰利矣為國者曰利吾國為民者曰利吾身夫馬得而禁之弛之弗禁固不可也禁之已迫又將可乎葢犯此兩禁者類皆無賴輕生之人禁之稍寛則容奸而為利迫之已甚則羣聚而為盜此不可以不長久慮也如欲弛其禁易其法使國有歲入之常而民免抵罪之

虞豈無策乎諸君生長於斯固所耳聞而目見者也其必有憫焉於心者試為詳言之

本朝治法

問宋有天下百數十年朝無威福之臣野無豪猾之奸內無寇攘之變外無夷狄之虞自三代以來未有天下治安無事若此其久也其間聖祖神孫盛德相繼創業垂統必有可傳之法持盈守成必有善繼之事自天子詔書朝廷故事至於名臣奏議天下所耳聞而目見者

也諸生有志於仕可得不知乎詩云於戲前王不忘試為講之以為今天子之獻

佛老與儒者之道同異

問近世學士大夫多引佛老之說以輔六經之旨其論甚高末學晚生尚不能知其言況能達其心乎彼其為老者曰道先天地生吾道尊為佛者曰天上天下惟我獨尊為儒者曰自生民以來未有夫子也吾道尊此特戲論為勝負之說非學者之談也學者或以謂老佛與

吾儒皆明一性其道或同以謂老氏廢仁義禮樂佛氏棄君臣父子其道異昔人葢有以是三者異同為問其為說者曰將無同當時以為名言夫所謂三語者果同乎其不同乎果同也則三者盡混而為一何紛紛其多門乎果不同也則老佛之言豈得以證六經之說乎此不敏之所疑也諸子直諒多聞試為略其立教之迹而明其為心之道以定異同之論啟茲未悟同於大通虚心以俟者也

孟荀揚文中四子是非

問天下之所難知者非是非之難知也似是而非者難知也似非而是者難知也孟軻之書七篇力陳仁義之說而或者疑其說時君以湯武之事荀況之書三十二篇深明大儒之效而或者疑其有性惡之論揚雄之作法言采掇孔孟學行之意或者疑其著劇秦美新之書王通之為中說規模論語答問之義或者疑其房杜諸子無所稱述此四書者與五經諸史並行於世學者之

所習也弦其言與其人其似是而非耶其似非而是耶
明以復我使不陷於邪說以應朝廷之令不亦善乎

浮沚集卷三

欽定四庫全書

浮沚集卷四

宋 周行己 撰

序

易講義序

易之為書伏羲始作八卦文王因而重之孔子繫之以辭于是卦爻彖象之義備而天地萬物之情見聖人之憂天下來世其至矣先天下而開其物後天下而成其

務是故極其數以定天下之象著其象以定天下之吉凶六十四卦三百八十四爻皆所以順性命之理盡變化之道也散而在野則有萬殊統之在道則無二致所以易有太極是生兩儀太極者道也兩儀者陰陽也陰陽一道也太極無極也萬物之生負陰而抱陽莫不有太極莫不有兩儀絪緼交感變化無窮形則受其生神則發其知情偽出焉萬緒起焉易之所以定吉凶生大業也故易者陰陽之道也卦者陰陽之物也爻者陰陽

之動也卦雖不同所同者奇耦爻雖不同所同者九六
是以六十四卦互為其體三百八十四爻互為其用遠
在八荒之外近在一身之中暫于瞬息微于動静莫不
有卦之義焉莫不有爻之義焉至哉易乎其道至大而
無所繫其用至神而無不存時固未始有一而卦亦未
始有定象事固未始有窮而爻亦未始有定位以一時
而索卦則拘而無變非易也以一事而明爻則窒而不
通非易也知所謂卦爻彖象之義而不知所謂卦爻彖

象之用亦未為知易也由是得之于精神之動心術之運與天地同其德與日月合其明與四時合其序與鬼神合其吉凶然後可以謂之知易也雖然易之有卦易之已然者也卦之有爻卦之已見者也已形已見者可以言知未形未見者不可以名求則所謂易者果何如哉此學者所以當知也

禮記講義序

禮儀三百威儀三千皆出于性非僞貌飾情也鄙夫野

人卒然加敬逡巡遜卻而不敢受三尺童子拱而趨市
暴夫悍卒莫敢狎焉彼非素習于數與邀譽于人而然
也葢其所有于性感物而出者如此天尊地卑禮固立
矣類聚羣分禮固行矣人者位乎天地之間立于萬世
之上天地與吾同體也萬物與吾同氣也尊卑分類不
設而彰聖人循此制為冠昏喪祭朝聘鄉射之禮以行
君臣父子兄弟夫婦朋友之義其形而下者見于飲食
器服之用其形而上者極于無聲無臭之微衆人勉之

賢人行之聖人由之故所以行其身與其家與其國與其天下者禮治則治禮亂則亂禮存則存禮亡則亡上自古始下逮五季質文不同罔不由是然而世有損益惟周爲備是以夫子嘗曰郁郁乎文哉吾從周逮其弊也忠信之薄而情文之繁林放有禮本之問而孔子欲先進之從葢所以矯正反弊也然豈禮之過哉爲禮者之過也秦氏焚滅典籍三代禮文大壞漢興購書禮記四十九篇雜出諸儒傳記不能悉得聖人之旨攷其

文義時有牴牾然而其文繁其義博學者觀之如適大都之肆珠珍器帛隨其所取如遊阿房之宮千門萬户隨其所入博而約之亦可弗畔蓋其説也其粗在應對進退之間而精在道德性命之要始于童幼之習而卒于聖人之歸惟達古道者然後能知其言能知其言然後能得其理然則禮之所以為禮其則不遠矣昔者顔子之所以從事不出于視聽言動之間而鄉黨之記孔子多在于動容周旋之際此學者所當致疑以思致思

以達也

論語序

聖人達則化人以德窮則教人以言其窮也其達也皆天命之以成人而已堯舜湯文化人以其德者也孔子教人以其言者也由堯舜至于湯五百有餘歲其化寖失而湯救之由湯至于文王五百有餘歲其化寖失而孔子救之由孔子至于唐千有餘歲其化寖失而未嘗無救之者蓋聖人之德不可以傳而其言可以載也德

不可以傳而其化行于五百餘載之間而已言可以載
故雖無聖人出而中人行其言亦可以教化于天下矣
由是觀焉則天之于聖人或窮之或達之豈虛言哉晚
周之時先王之教既以寖息非特在上無其人在下亦
無其人矣孔子不得見聖人又不得見君子與善人則
在上可謂無其人矣未見剛者又未見自訟與好德者
則在下可謂無其人矣上下無其人則孰能知之耶故
其事君盡禮非諂也而或謂之諂其稱君知禮非黨也

而或謂之黨固不可不疾也而或以疾之為佞名不可不正也而或以正之為迂于宋則有桓魋之患于魯則不免叔孫之毀或戹于陳或屈于衛可謂不見知于上下矣當是時内之人能淺知之者子貢而已能深知之者顔子而已外之人或小知之者達巷黨人而已能大知之者儀封人而已嗚呼可謂窮矣其窮如此亦可以已矣然猶與物紛紛役役相應以言者亦曰天命我以其言教人而已或見其處已或見其處人或有以明其

善惡之實或有以辨其是非之似或有以救其失或有以長其善或當其無事而言之或因其有問而告之或試其所為而稱之其言雖周旋曲折千變萬化無非為中人而發爾是故絕之者四而衆人未能不可不知也道者三以君子之德不可不循也文之未喪將喪則任于天而已以非人力之所能為也道之將行將廢則委之命而已以非人力之所能致也景公不用也則其行也速去他國之道也桓子不朝也則其行也遲去父母

國之道也于陽貨則不見而于南子則見焉以勢之有可有不可也于孺悲而不見于童子而見焉以義之有可有不可也衆之拜上則不從衆之純冕則俯身而從之以禮不可無而儉亦不可舍也使之媚已則不諾使之從仕則遜言以諾之以正不可忘而權亦不可廢也凡此之類皆可以見其處已也所罕言者利命仁而已以中人之所難言也所雅言者詩書執禮而已以中人之所可知也教之者四所以成君子之善也惡之者三

所以黜小人之惡也性與天道則或不得而聞以其未能盡性以至命也死與鬼神則或不得而問以其未能保生而事人也言其樂之所損益以修諸内者不可不慎也言其友之所損益以求諸人者不可不擇也凡此之類皆所以見其處人也世之治在于得人而已世之亂在于失人而已于舜則曰有五人焉以其治在于得人也商則曰有三仁焉以其亡在于失人也不累于高名也篤于仁而已此至德也不累于厚利也篤于義而

已此亦至德也故泰伯以天下讓民無得而稱焉謂之至德者以其篤于仁而不累于名也文王三分天下有其二以服事殷謂之至德者以其篤于義而不累于利也不上人也下之而已不抑人也推之而已好學不恥下問而謂之文者以其能下人也文子薦其家臣而謂之文者以其能下人也其志于學無志于仕不隱已之所短不揜人之所長是人所難為也而有以與曾晳與子貢者以其能為此也交久而不狎富有而不矜是人

所難行也而有以善平仲與子剕者以其能行此也謂臧文仲為竊位者以其不仁而無下也謂臧武仲為要君者以其不義而無上也若此之類皆所以明其善惡之實也于管仲則與之仁而不可相廢也以申棖為非剛則剛之名不可盜而得之矣以微生為非直則直之實不可以僞而為矣若此之類皆所以辯其是非之似也子路能勇而不能怯則告之以臨事而懼所以欲其怯也子貢能辯而不能訥則告之以予欲無言所以欲其

訥也司馬牛多言而躁則告之以其言也訒所以欲其寡言也冉求說中道而畫則告之以聞斯行之所以欲其無畫也若此之類皆所以救其失也于其問也或大之或善之于其答也或然之或悅而進之不已或樂其才之可育若此之類皆所以長善也以士進而為君子以君子進而為賢人中人之所可致也以孝出而為仁以仁出而為智中人之所可能也其所欲言非教而出于六者或當其無事而言之或因其所問而告之或試

其所為而稱之者以教之莫先乎此也蓋言賢言君子言士言孝言仁所以使人之知學也言政所以使人之知仕也知學則不失已知仕則不失人子游仲弓之問孝問仁至于為宰然後問政則見其急于知學亦緩于知政也其言賢則告之以賢皆所以使人之為士也然弟子未嘗稱其士者蓋以士兼君子與賢則雖善為士者固不足道也其言孝則告之以孝皆所以使人之為孝也至于弟子稱其孝者閔子騫而已孝可謂難得矣

其言仁則告之以仁皆所以使人之為仁也至于弟子
稱其仁者仲弓而已仁可謂難得矣其言政則告之以
政皆所以使人之為政也然于弟子稱其政者子游而
已蓋以政本于孝與仁則雖為善政者固不足道也其
言賢則必繼之以不賢言君子則必繼之以小人言仁
則必繼之以不仁者所以使人知仁之不可不為也而
惡之不可不去也至于稱子賤之所行以為貴而知樊
遲之所志可以為賤也稱仲弓為仁而又稱宰我為不

仁蓋欲人之知仲弓所行可以為榮而知宰我之志可以為辱故也嗚呼其所言所稱以勸戒如此之詳則其成德者亦宜衆矣然其卒也賢無若顔子君子無若子賤仁則無若乎仲弓豈其命有所成形有所適而不可損益耶亦在乎人加勉而已揚子曰有學術業無心顔淵又曰希顔之人亦顔之徒顔子賢者猶可希也又况仲弓子賤乎且顔子之所以賢者不在乎他亦在乎不改其樂也世之學者不以富貴動其心而窮亦樂達亦樂

是亦顔子之徒而已詩云令我不樂逝者其耋學者之
于學也猶可以不勉乎

晁元升集序

元祐丁卯行己與王文玉璪同在太學每見文玉誦元
升安得龍山潮駕迴馬河水水從樓前來中有美人淚
之句每想其高趣恨不得即見嘗識其姓字簡冊後三
年行己應舉開封幸中有司之選而无咎實主文事是
歲元升亦自濟來赴禮部因得相親遂同登辛未進士

第令行已元升為同年于旡咎為同第子使行已其初不聞文王之誦則行已雖出旡咎之門而亦不知有元升使行已終不出旡咎之門則元升雖與行已同年而亦不知有行已固知人之相知非偶然也將與元升别求元升近文元升出此編因使予跋遂以此書明日元升遂行實元祐六年五月四日也

送季商老下第序

古之所謂士者其自養也厚其自待也重其自信也篤

上之人求之則必知之知之則必用之用之則必盡之
卓犖者無不遇之嘆闒茸者無偶得之幸故在下者皆
自好而可以無疑也後之世風教不明淪于流俗賢既
不能自辨而上之人亦莫之察朝有混淆之風下無難
進之節氣勢一去風流遂遠故高尚者謂其清勁足以
激貪汙節義者謂其氣槩足以動流俗乃始見髙于當
世而載之傳中以為異後世欲有為之君又設為科目
以進退天下之士籠取識拔之術無所不至法益密而

進者益靡靡嗚呼士每賤矣今之由四方舉于禮部者幾人由禮部進于天子者幾人其取之不為不詳矣其得之不為不艱矣然而士之所以自負者如何哉上之人所以得人者如何哉古之法至簡取人至寡而賢者必進不肖者必退今之法至密取人至多而賢者不必得不肖者不必黜天下之人非不知之也謂其無以易之也朝廷之人非不知之也謂其無以易之也嗚呼其終不可以復古乎古之以行取之也故得之今之以言

取之也故失之然則非行不足以得人非言不足以取人吾于二者有道焉商老其起予哉行修而不得進言工而不見取曰朝廷之過也則非也曰有司也曰有司之過也則非也曰法也士之才與業待法而為輕重厚薄是法之過也則安足以得士哉商老起予者故其行也以此說贈之商老以為如何哉異日吾有待焉

朱廷隱字大隱序

昔春秋褒邾婁書曰儀甫說者謂國不如名名不如字

字君子之美稱也所以表其德之實而發揮其名之義也同舍朱君以廷隱其名深甫其字若與夫名義違而不得以表其實也蓋嘗聞隱之說矣有所謂大隱者有所謂小隱者所謂大隱者非謂隱其身而弗見也隱于朝假其位以行其道者也夫有志乎致君澤民而于貴賤得失則裕如弗攖利害古之有道者未嘗不以是為心此得廷隱之義歟朱君在太學諸生中經甚明行甚修又嘗以經濟策著之成書落落數萬言皆能別白自

古是非區處當今利害而不為時學之竊借苟取世資允能有志于隱之大者也于其所學如是而求售于有司累進弗獲吾恐不能終成其志輙憚進取之艱而翻然樂林藪之逸也故字之曰大隱既以表其德之實而發揮其名之義且以佐其志而進也古之人名之必可言之者此也行已與君出相從入相友于其稱也必以正焉義也敢以是為請元祐二年夏六月丙午序

儲端中字

人學然後知道知道然後善學博于古今而不知道謂之多聞可也而不可謂之善學善于辭章而不知道謂之能文可也而不可謂之善學然則如之何斯可謂之學乎在于明吾之善以誠吾之身明然後知道之為道也誠然後知道之為道也由公之學以達公之明以達公之誠其有不至于道者哉古之聖人皆由乎道舍是其無適矣宣和四年九月一日

李擇之字序

予友李純如之族弟自蜀來將補太學生乞名于其兄其兄名之曰擇又使予為字予字之曰擇之擇之之兄與予處未嘗見其過蓋能擇道而居之擇友而交之言必擇而後出行必擇而後行善無小必擇而為之惡無小必擇而去之故能若是也子若是而擇之亦庶幾其寡過矣勉之哉

送劉絜矩序

余有友者十四人舉于禮部者十人禮部第其可進以

名上于天子者孫勰段萬頃歐陽獻崔鷗王靓五人者皆其才力自可以致功名取富貴一科目不足為道不幸而黜于禮部者五人余弔之者一人則李薦方叔是也賀之者一人則吾子是也方叔之學既成文既工而齒壯家貧無父母兄弟可以為樂纍纍然如贅疣汲汲覔一官以畜妻子以顯父母以行其志而不可得此非有以不若人也此而後可以言命也故予弔之者如此也吾子年最少二親富于春秋兄弟無故不身營衣食以

優游文籍間人生得如此樂者能幾哉吾嘗以為人必有所艱難勞苦而後知道安貧賤而後享富貴如天使吾子于此既得之則其進未可知也既未得之且能不為淺人者戚戚怨有司非同列負抱其業而歸以益進其所未至者如此則其進豈易量哉故余賀之者如此也余遊京師今六年百無一得且受于天者有不可移之愚不能伺候時俗可否獨知古人為慕汲汲于前修之言惟日之不足謂不得于此必有以取聞者以是齟

齟齬不與世俗合至于瞽者聆其聲音而翔笑之聾
者見其狀貌而通侻之雖百此顧自信益厚終不為是
易操此皆吾子親見之者也顧余心之樂者為何如哉
所以自負者為何如哉去年秋從試于有司進既不獲
固獨喜之謂天其必有以大畀于我者則益進吾道以
迎受之古之大有為者未嘗不如是則吾何為遽慼慼
耶此余之志也今又將進于子矣吾子以為如何哉吾
子頎乎其形脩溫乎其辭順才楚楚而志卓卓吾知其

不為塵埃中人也要當進于其大者遠者則必渾渾浩浩無愧于古人而後可也則失之于彼安知其不得之于此耶故有以弔方叔者弔子而子信之則其進余不敢知也以余之所以自喜者為吾子之賀則余之心也所以望于君子者也吾子以為如何哉鄉之人有以弔子者亦必以是謝之曰盍為周子賀也

送强應物序

吾之病在好强人以善人之惡余者獨不察余心也讀

聖人之書則行聖人之道是也令之人將取利于聖人之書反顧聖人之道邈若胡越不相及此又何哉余之心蓋欲人皆至于聖人之道而無茍夫世云爾令則又將强于子夫昔也吾與子未嘗有一朝之好遇子于樂子之室子必以余為可語者也其行也請余言余將不言是以余為簡子也言而不實則于余心有歉然者余且言之其好之其惡之吾無憾焉爾子且謂無鹽嫫母塗以朱鉛飾以翡翠而毛嬙西子蒙以蕭艾被以緼絮則

將以為孰美乎是必曰毛嬙西子美也毛嬙西子而美
是天下之美果不在外也士之學也何異于是學病乎
不篤不病乎無實病乎無實不病乎無名若子好名者
也以充其實則其發也光欺人以借譽徇人以飾倿以
掩惡媚世為得以不矜細行為能賤丈夫之事也盍退
而自省其于聖人之道為是乎為非乎而後行之退之
曰内不足者急于人知霈然有餘厥聞四馳余嘗取以
為戒夫天下之人皆可以為賢皆可以為聖其志不遠

則其求道不深道不可一日成也求之深者得之多得之多者發之易子欲以道勝人乎譬夫一夫之强百人之弱而相與鬬一人雖强而必困百人雖弱而必勝者其資之有衆寡也子行矣厚而資吾見其慮之而足于心言之而足于口行之而足于身揚之而足于名不求勝于人而天下之人莫能勝夫人亦在勉之而已矣

送何進孺序

曾子之後有子思子思之後有孟子曾子于仲尼之門

最為魯鈍而朴野然仲尼後能傳聖人之道者曾子一人而已耳曾子之學見于孔門弟子所記者論語是也乃若孝經孔子為曾子而作也孟子曰曾子養曾晳必有酒肉將徹必請所與問有餘曰有又曰事親若曾子可也曾子之養蓋養志也非養口體也聖人之學自灑掃應對以至入孝出悌循循有序故曰堯舜之道孝悌而已後世學者大言闊論往往以孝悌為君子易行之事若不足學而以道德性命之說增飾高妙自置其身于

堯舜之上退而視其閨門之行有悖德者多矣若人者其自欺者歟其視曾子獨不愧乎永康何君進孺侍其親致政而歸告人曰吾少不敏不知事親之道吾歸將思所以供膳羞珍好樂石百物問起居安否飲食寒煖之節以順適其志意安車几杖出入閭里訪故舊朋友具酒食燕樂後生小子攷德問業相從往來載色載笑如是以盡其親之歡則吾之志庶幾無憾余聞喜而歎曰幸哉有子如此上可以無愧曾子而進于聖人之學將不

已者也然余為之說曰孔子嘗語曾子曰參乎吾道一以貫之曾子曰唯門人問曰何謂也曾子曰夫子之道忠恕而已矣聖人之語道亦至矣曾子得之于一言之間欣然而觧會無觝滯此與顏子于吾言無所不說亦何異也然則曾子之學乃至于此豈聖人窮理盡性必本于孝悌而然耶抑曾子魯鈍朴野其受道之質與衆人不同乎進孺天性好學敦厚而疏通其受道之質過人遠矣今也又能思事親之道以自盡其他日學問將

進于曾子無疑因其行以贈别

新修三門檀施名銜序

理有默定之分事無適然之合人之所作乃天之所爲物之所起乃時之所至古今一道上下同流是故逆數可以知來前識以之垂記符節之同毫氂不忒粤有永嘉郡之支邑瑞安縣之閑心普安禪寺者肇基乾符錫名大順始自杉坑遷于西隩山名龍就案號三台前峯城列後岡屏峙林巒環複氣象豐隆眞達人之道場棲

心之福地也國朝隆平度僧日廣昔構既盈益以前基為之重門以限内外逾三十年草創未完前管勾僧者道珂選于徒衆得師奕祖屬幹其事永嘉俗故樂施然方趨城邑闤闠揭榜大書廣事供設以張聲譽奚暇顧此幽隱寂寥之地以修默施不祈之福哉故奕祖蘄蘄累歲不能有成一日朅然南遊竝郡行次長溪蓋未累騶邑丞許公得之欣然若有宿契出俸二萬邑人聞之莫不喜捨于是得錢三十萬以歸求材僱工不日而就

巍然雄麗映冠山谷望之者愕覩天宮由之者恍迷華
藏莫不合掌肅恭歡喜讚歎夫以數百年之基創至珂
而加闢僧奕祖之營造遇許而乃成天人相因時物竝
至事若偶然理宜定數略誌檀施之姓名以紀歲時之
符會蓋經始于政和元年孟冬落成于八年之孟夏許
公名邦字邦直永嘉橫陽人學行官業皆有稱述其餘
名氏列諸碑陰以詔後來
記

介軒記

佛者安時避喧于崢水之上得拳石之地為之居名曰介軒其游景曇屬予為記予曰俞如何曇曰斯人也厭世俗之煩混樂山林之清虛脱講席而勿顧慕幽人之與俱獨一軒以寄傲將終身而不渝予曰是道也節士之所守而通人以為痛者也且夫彼佛之徒識心達道則有無同體喧靜一途拳然之石有大地之載蝸然之室有四海之居叟然獨立而萬物不能易也死生不能

變也豈非所為介乎曇曰唯唯吾將命請進于斯于是
叙而為之記

閑心普安禪寺修造記

孔子曰十室之邑必有忠信吾于小溪得僧顯琛焉小溪葢隸于温州東踰嶺陸行三十里至陶山自陶山江行五十里至瑞安縣由縣乘平河北行七十里至州居民遠僻依山生活地褊艱食苦作以自給故其民敦重信義愛惜生理不肯為鬬訟以干州縣琛處其間和樂

慈惠信于一鄉鄉人愛而不狎敬而不疎熙寧九年吾家始得吉地其鄉為二墳與琛之居相望蓋所謂閑心普安禪寺者是也由寺而南循山西行三四里是為周灣吾祖葬焉由寺而南渡溪西南行四五里是為燥原吾母葬焉周氏子孫歲時來省二墳必見琛琛護視二墳不以利焉而以初吾祖父葬時祖母年已高嘗語琛曰婆子亦不久于世矣他時殖骨此土幸歲時臨視以慰幽魂越數年吾祖母果棄養遂以合葬于祖父之墓

琛能不忘其言凡時節朔望必與其徒設香果茶湯雜作佛事墓上鄉民因之往來奠謁遊觀不絕至今數年遂為故事而琛每至墓上與周氏子孫數數泣下蓋天資仁慈人也元祐八年某侍親歸省墓下于是蓋去鄉里仕于王朝者已十數年而琛年方六十餘尚强壯無恙訪其居非昔之比琛揖吾父子由新路登白雲亭循坂而上入門又循西廡觀僧堂登方丈覽左右軒復下循東廡而南視廚倉庫院觀新鑄鐘訪其弟子道珂之

室琛曰是皆顯琛與道珂十年之勤昔之敝者更新矣昔之庳者更崇矣今之所完昔之所缺者也今之所有昔之所無者也居者獲安而遊者起敬以示後人可無述乎且琛也老幸可以休珂才能主寺事珂不敢以辱尊公大筆敢屬之吾子以幸吾門嗚呼是不可以無述也惟琛之慈惠故人之從也悅惟珂之强敏故事之成也易彼其完且有矣亦既崇且新矣而琛也獨能不居其成雖曰未學其違道不遠矣故吾以謂慈惠者德也

强敏者才也不居其成者道也合是三者舉而措之天下無難矣是為述

浮沚集卷四

欽定四庫全書

浮沚集卷五

宋　周行己　撰

書

代上執政書

某聞居上位而不援乎下則賢不可得而用居下位而不求援乎上則雖賢而不獲用使仁人君子無意于天下則上下不相為用可也茍有意于天下如之何見賢

而弗用與其身自賢而不求其用哉某誦斯言久矣未嘗敢聞于人恐不知者以為好大而欲人之尚已也夫好自大而取尚于人君子之所不為某雖不敏顧舍所學而願為之乎然今日特有獻于閣下者以閣下可以聞此而某亦可以無自疑乎此也閣下以道德相天子拔取天下之才共為太平而天下之吏奮然各自淬厲以僥覬萬一如飢者待哺勞者乞休且不知其幾何人此其志豈無望于閣下哉而某之遲鈍不及事未嘗歛

袵執板趨進于左右又無當世顯名在人耳目延欲卒然以尺一之書自别于衆人而求閣下之知遇某雖自信不疑已使閣下何從而信哉然某未嘗言安知閣下之必不信也某自少時讀書應舉粗為有志于其大者未嘗碌碌隨時俗上下得官十餘年困于奔走簿書之間無所効其長然某亦區區不敢廢職而亦不敢以謹職為能閣下試度某之志與閣下之事孰先孰後哉昔舒元輿嘗上書自薦于唐文宗當時執政不察其心過

以浮誕為廢至令有讀其書者為之太息某之事實類此然閣下之賢不可與李宗閔比也鬷明茂惡堂下一言叔向親授其手曰子如不言吾幾失之矣夫言之不可以已如此且以某之不肖方拙而寡與苟不自言其誰為某言哉故某不避狂易之誅而以聞于閣下也閣下以為如何哉干冒鈞顏伏地待罪

權樂清上韓守書

竊惟人子莫不欲孝于其父人臣莫不願忠于其君而

其勢有得行有不得行者何哉蓋子之于父親也近也故其為孝也莫不得其所欲臣之于君尊也遠也故其為忠也有未必獲其所願是以古之君子在畎畝而不忘居江湖而有懷誠以樂其道不若親見其君之為堯舜著空言不若行事之深切著明此所以伊尹幡然仲尼遑遑馬遷留滯而嘆息也某生五十一年而秩未離乎九品仕二十七載而官僅書乎四考其于賢能可謂至卑矣其去堂陛可謂至遠矣然而顧忠之心豈不亦

欲與夫朝夕左右侍從之臣同効其尺寸哉獨以其分有所局而其勢不得通雖有吾身親見之志與夫著于行事之實將何所施乎所以踽踽涼涼徒竊嘆于周南而長興懐于魏闕孰吾知者令乃幸以攝事小邑獲預應奉因得効其尺寸之勤乃若高官大職顧豈敢望哉年衰志闕無所可為獨欲終老海濵卒其區區之願鷦鷯之巢一枝而足偃鼠之腹匀水已盈自度智能不過一邑一曹得與役屬以勤享上官卑而志同職小而忠

一左右侍從之臣承命于上趨走服役之臣効力于下上下相濟小大不渝此事所以成而分所以定也某昔者薦名嘗出先德之門而筮仕之初于令太守為同僚之分以是夤緣因得自列伏覬高明憐其故家之舊物而采其願忠之誠心不憚一舉手之勤以置于一枝棲息之地他日補報未必在衆人之後也

上宰相書

某聞人臣之事君也不敢有其身君命之進則進不敢

私其身後之君命之退則退不敢强其身先之父召無諾君命召不俟駕行尊者之賜卻之為不恭況君命之進乎侍于長者問日蚤暮則退欠伸撰杖屨則退色斯舉矣翔而後集況君命之退乎然而君子之進也每難其退也每易易于不為而難于有為故也不為義也有為行其義也故曰有不為也而後可以有為某少負羸疾不樂遇物泯然居閒竊慕存心養性之說于周孔老佛無所不求而未嘗有意于進取閒者父兄命之嘗試

以其所知寓于有司之間或者不以為不可遂籍仕版辛未庚子蓋三十年矣或遷或罷纔書四考何其進之少而退之多乎豈不曰命之進則進命之退則退不敢私其身而為之進退歟今也行年五十有四憂患病苦齒髮衰矣方寸亂矣少壯不力老將何為而閣下過聽猥蒙收錄進之吾君不以其不肖無堪置之學士大夫之列被命之日不議于人不卜于神舍其間居安業之私憣然有行不敢以速進為嫌誠為晚遇得歸而不敢

有其身故也且士方畎畝不忘致君獨安昔之不為令
不可以有為乎閤下二十年間再秉鈞軸天下之士莫
不以類而進成就功業而某方以疾故退居田里乃今
獲遇雖樸樕不足比數然亦豈獨不欲効其尺寸以行
其所知哉惟令百度完具四夷賓服上下恬熙内外無
患治安無事矣然無事者有事之所慮也古之聖智之
人安不忘危治不忘亂雖虞舜成周之盛時未嘗不兢
兢業業以相警戒且令任天下之重者獨不在于閤下

乎不知閣下以令為樂歟亦以為憂也以為憂則君聖臣賢優游無為上下同樂方享太平何有于憂乎以為樂則慮近之遠審風之自怨不在大禍生所忽未可以為樂也賢者之謀國如醫者之治病五臓六腑不可偏勝偏勝則患生令天下之勢不有偏勝者乎疾之所起必有標本治其疾者必先其本後其標令天下之勢不有急于先者乎閣下以不世之宏才可久之大德越自熙豐至于令日建事三主始終一心豐功偉績昭煥令

古所更多矣所知審矣伏自建立以來良法美意皆酌
令而可行民便國安皆利便而可久然而更有異志之
變更因之庸吏之玩弛慮其所可憂先其所當務得無
復有益廣其末究者乎得無復有當務其偏敝者乎于
是時則又緩急之勢先後之序不知其勢者不可以有
為也不知其序者不可以有為也非閤下之智足以知
之才足以任之勢足以行之其孰能與于此哉所以方
令天下有志之士無有大小無有遠邇無有親疎皆欲

轉助閣下以起太平偏勝之勢以圖今日急先之務在閣下益廣賢路以收實才更定法度以救時弊天下有志于斯者舍閣下而無適矣舍是而之他者皆非為國計者也故助閣下者忠臣義士之所願也閣下收之則為朝廷之用舍之則為他門之用矣為他門之用者閣下以為安乎為朝廷之用者閣下以為安乎閣下之用舍朝廷之安危也人君之職在任一相一相之職在任羣賢自古未有得才而不治者亦未有不才而治者

也天下之治亂在于法度之善否法度之善否在于人才之得失人能為之人能壞之人能修之未有出于人而人不可為者獨時有險易才有智愚智者可以濟其險愚者可以行其易雖曰成功則天而不可曰天也人不可為也所以知其可為者天下之心皆欲安而已矣所以不可不為天下安斯朝廷安矣故所以用人者在于善法度也所以善法度者在于安天下也天下安則朝廷安朝廷安則私門亦安矣計私門而不計國家自

古未有得以安者也故智者處其安愚者處其危欲濟未危之勢而保至安之計者舍閣下未知其孰可與議者顧雖晚至下客獨效古人區區之義布其腹心以幸萬一若夫條布緩急之勢與其先後之序則以俟命未可以立言判也干冒鈞聽下情無任恐懼之至

上祭酒書

行已敢言之行已七歲就傅授句讀誦五經書十五歲學屬文十七歲補太學諸生是時一心學科舉文編綴

事類剽竊語言凡所見則問而學焉趨而從之十八九相與也又二年讀書蓋見古人文章浩浩如濤波纚纚如春華于是樂而慕之又學為古文上希屈宋下法韓柳見自古文人多不拘爾謂誠若是也恃文為非誚憑文以戲謔自謂吾徒為神仙中人而鄙昔之相從者謂跼促若轅下駒然求其問而學焉者十或得二三爾又二年讀書益見道理于是始知聖人作書遺後世在學而行之非以為文也乃知文人才士不足尚昔吾先聖

言雖有周公之才之美使驕且吝其餘不足觀也已又况中人以下以片言隻句之小才以自咤于敦實之士乎意謂學期至于孔子而已且言曰士志于道據于德依于仁游于藝所以教學也于是早晚思古人之修德立行誦其詩讀其書日與古人居讀其書誦其詩日與古人謀言亦思古人也行亦思古人也于是求問而學焉者益罕矣凡昔之交游者今則皆謝之而不敢學焉凡昔之所鄙者今則皆敬之而不敢慢焉兢兢衆人之

中惟恐一叛乎道而入于流俗之習日學之夜思之未始敢舍也有人誘之曰子迂也何不為時之趨行己則不敢從也有人鄙之曰子矯也何不任真之樂行己則不敢已也嘗以是二者校己之所祈嚮者而思之則亦嘗語之曰中人之性就下則易趨上則難未有不以修為而能為君子善人者也若縱性之所欲而合之以衆人之所為則必愈下爾不學則已學焉而不知道君子不為也昔韓文公之言曰行成于思毀于隨有旨哉又

曰善雖不吾與吾將強而附不善雖不吾拒吾將強而去皆父兄之所教于行已而某之所願學者也故得以是說拒之又行之今才期月爾非而毀之日益甚行已亦彿之易也更求已之所未至者而為之凡所近于厚者無所不為也凡所近于薄者無所不去也去年且思陽城之訓念何蕃之行遂以覲親告歸于涇令也且以是來學不識所從者果正矣其猶有說乎孔子曰敏于事而慎于言就有道而正焉某雖不敏竊願學焉伏惟

先生誨人不倦願賜一言以正之幸甚幸甚

與佛月大師書

昨日言詩頗為開益苦手瘡殊無情緒不能款款議論歸來甚闕然意謂尚未深得師之妙耳昔齊已號詩僧也不過風花雪月巧句而于格又頗俗令之參寥亦以詩名雖豪逸可愛人不及道吾師數篇已能過之清思妙句飄然如孤鵠翔雲又能作古體淡淡造静理學之不已古人不難到也知禪衆中好静甚不欲時時往聒噪

輙得小詩奉寄能以問答之餘見和否伏暑願彌盡珍重理渴仰渴仰

啓

謝鄆帥王待制辟司録啓

當其失職衆所棄捐乃于窮時獨被收采義與尋常而加重感淪方寸以彌深伏念某受數多竒居閒少仕行不俟駕蓋人臣莫敢有其身出以為時故君子亦欲行其義志雖大而無當道固迂而難逢匪九遷之是謀亦

三黜之奚怨獨志業之未就邈歲月之忽徂亦已焉哉
不作周公之夢聊且爾耳將求范蠡之舟屬東南之寇
攘蹇去留之道阻迍邅多故流落殊方百病咸生千金
散盡茍將免死孰不為貧方滯念之紛如竭嘉招之俯
及捧檄而喜載懷三釜之悲承命即行敢負百金之諾
此葢某人懷忠信而近厚敦故舊而弗遺欲四海之舉
安况一夫之失所激頹風于難進拔寒流以事君雖匪
其人葢亦有意老而彌卲勉吾信之未能窮且益堅期

民安而為報

代賀吴侍郎啓

渙恩中扆正位東臺凡屬甄鎔率同抃蹈恭以某人三朝雋老一徳舊臣道盛格天之功仁懋佐王之業一人簡在百辟具瞻果自殊庭再登黄閣朝廷尊重慰人望于巖巖輿頌載喧識公歸于几几竚疇丕績薦正冢司竝九叙以歌庸浹萬方而胥悦某邈分郡寄阻遣賓墀歡逺服之孤心慶熙朝之盛典蟠木願器早荷于元工

坯土在鈞日陶于洪造

代徐守謝金帶紫章服啓

祇奉貢儀恪修臣職誤蒙中旨洊錫異恩帶飾黄金媿靡功于將閫服加紫綬榮曳緣于親庭曾無毫髮之勞曷稱便蕃之賜顧惟疎賤必有夤緣此蓋某人載世勲門鍾天間氣文章班馬優廷策于巍科道德老莊静臣心于止水出納帝命允惟夙夜之勞陟降王庭式是靖恭之節榮宣恩旨密贊俞音故得小臣叨蒙盛典敢不

精審有孚之吉勉持不息之誠惟孝及忠終始敢期于
一節乃恩與德頂踵奚報于萬分

代人賀樞密啓

恩涣宸庭位隆天府聳聞休命遏抃輿心恭以某人問
學淵源性資端亮出甚盛之世佐有為之君天下僉曰
才難主上必其柄用內參宸略坐制本兵決斷機務之
先從容廟堂之上每深簡在方切具瞻果進樞衡之茂
庸總司喉舌之重柄可大之業非位不行太平之基得

賢所致故將紀綱四海弼諧萬幾法度精而陰陽和造化
調而天地順進司元宰益重本朝某邈守遠藩側聆光
命莫次鳧趨之列徒深燕賀之誠

學官與交代啓

舊尹之政告新尹矧在儒官先知之民覺後知惟尊道
藝非宜晚學輙代高賢伏惟某人有德而文因人以教
拳拳遵回之好踽踽慕軻之傳樂得英才共希生而知
者如工大木惟恐斵而小之造三年而有成修四教以

誰繼豈兹汰礫之在後能與精金而爭輝翔集泮林願終同于聲氣泳思學海當不異于源流瞻德誠深頌言靡既

賀張節使啟

伏審楊命王庭賜旌俟服伏惟歡慶恭以某人胚胎間氣心膂良臣才高人傑之雄威重國甥之懿久騰英譽密簡淵衷果疇勳閥之隆爰付旌旄之寄宸慈欽叙式慰在天之靈庶言允諧克協象賢之慶金章紫綬增輝

綵服之榮晝戟油幢彌重仙官之貴仲尼孝友何必有政于藩宣郤縠詩書正可坐籌于帷幄爲國屏翰期永保于乂康若時謀猷將無忘于入告訏謨遠業益進近司凡在有知孰不交慶某夙蒙恩顧喜劇私誠疾方困于河魚賀輒愆于厦燕

與張才叔啓

昨離師帳久侍親闈實緣省定之勤是缺興居之問有懷文席無喻寸襟屬茲承乏于成均竊獲經途于治部

操舟及境豫深望履之懷執箒候門行遂摳衣之請是為慰抃奚究敷宣

代郡守除漕謝運使啓

分符屬部實荷安全聯職計司復叨庇賴辱奬提之有自惟欣感之何云恭惟某人學有淵源行多枝葉搢紳先生之所欣慕國家天下之所曰賢暫領外臺豈久淹于遠服即聞中詔行進拜于近宸某孤陋無聞數奇不偶功名晚矣行年半百之餘世味淡然宴坐一身之寄

顧豈長于治賦尚有切于依仁晤展未聞願言曷既

賀轉運使復任啓

光膺詔旨再領使權凡在庇臨罔不抃躍恭惟某人才周治體學造聖微繇清閟以開祥奮榮途而底績知深宸扆名諫朝紳迺眷西顧之列城實預中都之計倚曩付轉輸之重嘗資課入之優農事弗違軍儲有羡風聞謬誤輙致煩言天監昭明遽還舊物俾宣寬大之詔倚分宵旰之憂一方夙懼于神明比屋復覩于富庶足兵

足食豈止致俗于阜康有猷有為行即進司于宥密某

攝居屬部預遵教條瞻廈屋以欣如奉簡書而惕若

浮沚集卷五

浮沚集卷六

宋 周行己 撰

雜著

座右銘

惟余之生兮父命以名謂余曰行已兮俾充夫性之所
能曰汝立志必高而宏曰汝學道必思而行待人過厚
可以保生責已盡詳然後有成人惡勿記人善乃稱切

磋琢磨孰無朋友惟善可親惟敬能久聞過必改見善斯守誠心行此惟汝之有聖人何得不輕小善為無益聖人何長不恃小惡為無傷告汝以行已之道汝慎無忘嗚呼予乎年既成人矣而行實迷其塗嗟已往之無及念來令之可圖汝尚不守惟汝不孝汝尚無知惟汝無敎敬之戒之久乃知效

勸學文

天地之性莫貴于人四民之長莫貴于士士之所貴者

以學而已然人皆有可學之性而或不得學者蓋由出乎貧賤之家日廹于饘粥之不暇所以沇為下愚終身不靈以貽訾戮無所不至此人之不幸也諸生生于富有之家復賴父兄之賢使得從師為學一身亦幸矣然而父兄之所以願望于子弟者豈幸一身而已哉亦期于有成將以幸一家幸一鄉又推而廣之幸一國幸天下也當今太平之世不能力學期乎有成以幸一鄉一國而及乎天下以副父兄之顒望亦自棄而已語曰將相

寧有種諸君勉之哉

齋揖文

學校者禮義之所起羣居不以禮則慢慢則善心日喪不善之心日滋君子小人于是乎分不可不念也故禮義之所始在于正容體齊顔色順辭令三者立身之要節而學有齋揖近或因循以為末節遂置而弗講謂徒拂人之情而無益于學者之事此甚不思也夫正者一歲之始也朔者一月之始也朝者一日之始也今吾徒

羣居正必拜朔必賀而朝獨不相揖乎于其朝焉相揖以致敬問安否以致愛羣居之道也推此于朝則一日之敬愛不可勝用矣推此于朔則一月之敬愛不可勝用矣推此于正則一歲之敬愛不可勝用矣推此以終其身則一身之敬愛不可勝用矣嗚呼孰謂其無益于學也學也者學為人者也思為人不可以不敬其親思敬其親不可以不敬其身思敬其身不可以不敬其人日月逝矣一折枝之易猶或憚而弗為則任重道遠終

身其能勝舉乎此齋揖之禮所以不可廢也

從弟成已審已直已存已用已字說

周氏積德逺矣居温州者及其輩才五世由温州任起家者為江陰江陰生四十七年官司封員外郎職集賢校理而卒某嘗恨其壽不充德位不登才意其後必有大興起者不在于諸父氏必在于爾伯仲閒也成已于江陰為適長孫審已其次直已又其次存已又其次用已又其次既皆以其父命得名于余又欲以成人之禮待

之而字之于是因推其説而語其所以大興起其家之道曰爾亦聞有所謂君子之學乎夫古之君子為己而學為人而仕今之君子為己而仕為人而學何謂為己之學以吾有孝悌也則學以吾有忠信也則學學乎内者也養其德者也故為己而學者必有為人之仕矣何謂為人之學人以我為多聞也則學人以我為多能也則學學乎外者也利其聞者也故為人而學者必有為己之仕矣然則今之所謂君子者古之所謂小人乎爾

于此焉亦將何擇吾嘗觀夫孔氏之門其所以教人者
多術矣至于樊遲學稼則不與子貢貨殖則不與子張
干祿則不與是何也漆雕開不願仕則與之曾點浴乎
沂則與之顔淵在陋巷則與之是何也嗚呼昔者孟子
蓋嘗推其本而言之矣以為舜與跖之分在于利與善
之間夫天下之人何莫為善不必皆舜也而曰舜焉謂
是心也無以異乎舜之心也不謂舜可乎天下之人何
莫為利不必皆跖也而曰跖焉謂是心也無以異于跖

之心也不謂跖可乎然則士之于此不可以不思也天下之人惟不知思是以善與心昧利與實滋于其學也不知為已而為人之為說于其仕也不知為人而為已之為利先達之士比肩倡于上後進之士接武應于下父以是教其子兄以是詔其弟師以是傳其徒少習之長成之靡然成風蕩不可返此其甚可哀者爾于是獨可無思乎于成已字思仁爾則思之孰為仁乎孰為非仁乎惡乎而至于仁惡乎而至于不仁古則有之曰成已

仁也成物知也曰君子去仁惡乎成名曰為仁由己而由人乎哉此其所謂仁者何也爾則思之曰欲成吾己者果不可以不仁也則又思之曰仁在我者也吾何患而不為哉于是朝焉仁也暮焉仁也食焉仁也寢焉仁也目視耳聽手舉足運無非仁也而後可以謂之善成己者矣于審己字思明爾則思之孰為明乎孰為不明乎惡乎而至于明惡乎而至于不明古則有之曰不明乎善不誠乎身矣曰大學之道在明明德曰明則誠矣

誠則明矣此其所謂明者何也爾則思之曰欲審吾已者果不可以不明也則又思之曰明在我者也吾何患而不為哉于是朝焉明也暮焉明也食焉明也寢焉明也目視耳聽手舉足運無非明也而後可以謂之善審已者矣于直已字思敬爾則思之孰謂敬乎孰謂不敬乎惡乎而至于敬惡乎而至于不敬古則有之曰敬以直內曰修已以敬曰毋不敬此其所謂敬者何也爾則思之曰欲直吾已者果不可以不敬也則又思之曰敬

在我者也吾何患而不為哉于是朝焉敬也暮焉敬也食焉敬也寢焉敬也目視耳聽手舉足運無非敬也而後可以謂之善直已者矣于存已字思養爾則思之孰為養乎孰為不養乎惡乎而得其養惡乎而不得其養古則有之曰養心莫善于寡慾曰存其心養其性所以事天也曰以直養而無害則塞乎天地之間此其所謂養者何也爾則思之曰欲存吾已者果不可以不養也則又思之曰夫養在我者也吾何患而不為哉于是朝

焉養也暮焉養也食焉養也寢焉養也目視耳聽手舉足運無非養也而後可以謂之善存已者矣于用已字思本爾則思之孰為本乎孰為非本乎惡乎而得其本惡乎而不得其本古則有之曰君子務本本立而道生曰天下之本在國國之本在家家之本在身曰大德不官大道不器大信不約大時不齊察于此四者可以有志于本矣此其所謂本者何也爾則思之曰欲用吾已者果不可以無本也則又思之曰本在我者也吾何患

而不為哉于是朝焉本也暮焉本也食焉本也寢焉本也目視耳聽手舉足運無非本也而後可以謂之善用已者矣嗚呼成已者果以仁矣審已者果以明矣直已者果以敬矣存已者果以養矣用已者果以本矣則其學也吾必以為為已之學也必為善者也其仕也吾必以為為人之仕矣非為利者也斯所謂古之君子者也斯所謂大興起其家之道也書曰思曰睿語曰學而不思則罔惟睿惟聖惟罔惟狂夫聖與狂爾則擇之古之

人名所以定其體字所以表其德夫豈徒哉爾或不思則名非其體也字非其德也吾之云云侮聖言也爾其勉哉

論晏平仲

越石父之責人也終無已乎脱之縲紲而弗謝一入閨而請絶何其嚴哉雖然石父以君子望晏子者也然非人之情也設于晏子可也惟晏子能受盡言而善改過孔子曰晏平仲善與人交久而敬之非此之謂乎

書李氏事後

夫善天下之所同也為善莫大于愛人為不善莫大于害人三代之得天下也以仁其失天下也以不仁非獨三代為然繼三代者莫不然唐之所以亡五代之所以亂蓋可知矣方晉開運之末劉石據有中原盜賊擾亂蜂起天下糜潰極矣李氏以一布衣能屈賊人而保萬乘之衆此豈直智巧果敢而然哉亦其愛人之義有以動其善心故也故能革暴使之勿殺易貪使之勿取夫

人之為不善至于為盜而殺人亦甚矣然而可以義動是知善者天下之所同也況不為盜而殺人者有不可與為善乎故為善無小可以保天下為不善無大不足以保一身為天下者皆知善之為善則唐不至于亡五代不至于亂中原不至于塗炭夫豈獨一李氏可以保其鄉里而為天下者不得以保四海以及其身乎嗚呼善與不善可以類求矣

跋薛唐卿秦璽文

李斯篆世傳為第一學者莫不愛之吾每見其書幾不疾唾而卻走者何哉謂夫人善成其君之過也夫秦之君其資亦未若桀紂之惡之甚也而二三臣釀其君于不善則又有甚焉者嗚呼斯乎是嘗去詩書以愚百姓者乎是嘗聽趙高以立胡亥者乎是嘗殺公子扶蘇與蒙恬者乎是嘗教其君嚴督責而安恣睢者乎使其璽不得傳者斯人也而其刻畫吾忍觀之哉顧唐卿猶區區珍藏之者豈不欲傳百世以為監歟吁是可以監也

跋李文叔歐公帖

世有君子小人猶天之有陰陽不能相無能相消長耳世用君子則不賢者遠矣世用小人則賢者遠矣朋黨之説所由起也昔慶歷之盛羣賢並用必有不得志者遂為黨説中之欲以盡去君子當是時蓋有自列為黨者有憂死其黨者然則果黨歟非也彼獨懼夫君子小人之分不明而國之理亂由此其出有憂之大忘其區區一身期悟當世之主此仁人之用心也世主欲知其

說無他公與私而已矣出于公其道同非黨也出于私其利同黨也忘一已而憂天下謂之公乎謂之私乎斷可識矣由今觀古牛黨多小人李黨多君子然而以黨易黨所以必復必有憂心者然後可與議此文忠昔嘗為之說矣觀此帖若有戚戚然者何哉詩云憂心悄悄愠于羣小其斯之謂乎

跋李文叔蔡君謨帖

近世士人多學今書不學古書務取媚好氣格全弱君

謨正書多法魯公簡牘行草兼備諸體皆能冠絶一時學古故也然而以古並之便覺不及豈古人心法不傳而規模形似不足以得其妙乎

馮先生辯

或問馮先生參于某曰先生何如而子欲以為師乎哉某曰先生之孝于親友于弟雖舜亦不過如此而已吾不是師而將何師乎或者曰舜大聖人也後世無及焉而子曰先生之孝雖舜不過如此何也先生以參自名

慕曾子猶以為不能及也而以為舜不亦過乎某應之
曰吾所謂如舜者如舜之孝而已矣舜之聖固後之世
未見其能及也夫孝自天子達于庶人能盡其道者舉
相似也曾子之于舜吾未見其有以異焉曾子之于孝
以有曾晳者也舜之于孝以有瞽瞍者也二者之盡于
孝是或一道也子固以為舜為聖人而其孝不可及乎
曾子之不得瞽瞍而其孝不可及乎吾竊悲今世之人
自以為不若人也堯舜之後世之士皆堯舜之學也而

曰不可及焉則不學而已矣顏淵曰舜何人也予何人
也有為者亦若是有人焉而為曾子之孝其親者吾必
曰曾子而已矣吾不知其不可及也有人焉而為舜之
孝其親者吾必曰舜而已矣吾不知其不可及也或者
曰子以為先生之孝果如虞舜漁于雷澤漁者皆讓居
耕于歷山耕者皆讓畔而天下之士又多就之者先生
居于鄉其德不及于閭里在太學太學之士無有與其
賢者是果不如舜也某曰子以為若是之不如舜誠是

也子且以為令之民皆堯之民乎令之士皆堯之士乎如之何必其人之皆化也孔子曰不如鄉人之善者好之其不善者惡之先生居于太學其鄉人之賢者率其徒狀先生之德上于祭酒司業太學之士聞先生之賢者皆往拜之雖不善之人亦不敢不敬于先生之側先生之德亦可謂化矣其曰不如舜者不如舜之廣也時勢則然也其孝果有以異乎無以異也或者曰夫人孰不為孝子以先生為孝是顯天下之人皆不孝也以先生

之孝如舜是舜之後或聖或賢皆不若先生之賢也某曰是又不然者也吾豈敢厚誣天下之人哉人孰不愛其親而先生能盡愛親之道焉盡其孝如先生者有矣吾不得而知也孔子之稱曾子不曰顏子之徒皆不孝也孟子之稱舜不曰堯禹之君皆不孝也舜之後禹湯文武其孝非不若舜也舜之孝顯也禹湯文武而為舜亦舜也天下之孝天下之人皆能盡也能盡其孝者皆舜也豈謂古聖賢不若舜哉當其可也豈謂先生必賢

于古聖賢哉當其可也或者曰子以為先生孝而思之是子必不孝也某曰某于天地之間豈敢以不孝自處也雖然吾學焉而未能盡其道者也而先生能盡之則其師也宜或者曰吾子之言馮先生則是也然衆人所不為而吾子必為之人皆以子為狂且怪特邀奇而好名者也姑已之不宜有是名也某應之曰此又吾子之惑滋甚也不識吾子所謂怪者以其異于衆乎以其異于聖人之道乎吾學聖人道者也合于聖人之道者謂

之常離于聖人之道者謂之怪古之人未嘗無師也雖聖人亦有師吾之師其如舜者獨非聖人之道歟吾何怪之有吾固怪夫世之人未嘗求師也卒然問之則必曰吾亦何常師之有否則必曰吾師其成心而已矣夫二者固聖人之道也而世之人以應人者是亦未嘗有師者也是亦未嘗師其成心者也曰茲不亂聖言以行怪歟其或有焉曰師曰弟子云者亦必求為利而已矣學必為道也如必曰從衆衆人之學為道乎為利乎如

曰為道吾從衆可也學必有師也如必曰從衆衆人之學有師乎無師乎如曰有師吾從衆可也人之學不可以不知道欲知道必從師而問焉吾學道也吾求師也而曰邀奇而好名是則聖人之道皆不可為已然則吾安敢避是名哉與其得罪于聖人吾寧得罪于衆人故凡有合于聖人之道者吾必為之凡有不合于聖人之道者吾必去之是非止于道而公也吾不忍枉其道以求合乎衆也凡吾之所學者如是是又不可不辯也如

有曰衆如是不可也必從衆吾則敬謝焉如有曰道如是不可也必從道吾則敬受焉吾非求勝者也

馮先生贊

吾誰與歸惟馮先生先生事親先生實能以庶被逐慟哭于庭恐傷親心順命以行假卜以食迺徂于京元豐元年補國子生三歲告歸父猶不聽稽顙自責以顯厥誠遂名曰參以慕于曾迺與其弟復來自西不得于親不慰孝思憂心耿耿望白雲飛實隱不言人莫之知三

舉不售有德實遺天之報善亦何杳微嗚呼令世之人鮮有不辱其親者矣吾非斯人而誰與歸

書呂博士事

元祐二年秋七月辛酉太學徐生不祿博士呂公率其僚往弔而哭之慟周行已躍而起曰於美乎哉師弟子之風興矣自孔子沒大道喪悠悠數千載間學者不知師其師師者不知自處其師維聖若賢百不一遇少也則聞有胡先生能羣諸弟子于太學教之禮風義行翕

然嚮古今亡矣三十餘年謂晚生詎不可得見迺復在
今日於美乎哉師弟子之風興矣先生之賜甚厚非特
太學化之將亦四方化之非特今世化之將亦後世化
之先生之賜甚厚也且將歌其風倡之天下布之伶官
而上之天子也故書

段公度哀詞

吾友公度姓段諱萬頃廬陵人負其學來京師求仕元
祐二年開封攷其業優薦之禮部明年禮部試復為第

六人遂以其名進于天子擢第調太平州蕪湖縣尉將
以歸榮其親也未行以六月十八日得寒疾九月遂卒
嗚呼余于公度相得最晚而相知最深公度為人貌嚴
而氣和言直而辭順樂人之善而厚于義其文無所不
能通春秋尤長于楚辭有擬騷一篇其志蓋將以為天
下而不得施可哀也夫余故為騷語以哀之公度志也
有美人兮吉水之陽處幽渺兮植蘭芳紛菲菲兮流長
昧莫與適兮獨徬徉曰予以俟乎春兮乘光草木既秀

兮鳥翺翔鼓予瑟兮樂予行來歸兮翊上皇采蓀菖兮

水中央實既與兮飲予以瓊漿命不柰何兮以不康乘

回風兮駕忽荒雲靄靄兮雨不降非覗不典兮實民不

良望不來兮悲傷戀戀兮難忘

樂生傳

鄂之人有樂生者任水鬻于市得百錢即罷休以其餘

屋飲食之餘遨嬉于郈戲中既歸又鼓笛以歌日以為

常其隣人有劉氏者饒于財而多營身勞而心常不足

聞其貧而樂疑之召問其故曰是吾貧爾也非得已也然貧則易給雖勞而無累吾是以得自樂也富者入其説憐之舉百金使收其利而歸其本生負金而歸遂廢其常業則心營指劃貿貿然朝暮馳逐于市及夜又計之惟恐其不足也憊而寐其聲呼呼如是數日隣之富人不聞其為笛以歌也怪而問之則曰是吾惜也雖貧而無累故自得令也多財而多累故勞于心者常不足以吾之一身百金猶有餘是惡用其多為願復以是歸

于主人富者豁然悟曰噫是亦吾之累也遂焚契裂券守其分以終身吾聞之曰有是哉夫天下之不足者生于貪安于分者常自得力不足而求仕智不足而求名噫亦惑矣吾可以自警也歟故記之

代李守寺觀祈晴文

狂恒雨若顧敏政之不修哀我民斯念艱食之有害方秋務穫時霖弗休諗兹罪譴之敢辭仰覬高明之垂照倬回陽光之赫大決陰滯之霪惠彼西成遂兹豐歳

代諸廟祈晴文

方秋務穫霪雨弗收哀我民斯害于艱食曰暘曰雨惟神之司肅將潔馨仰祈明報

原武神廟祈雨文

天地之候四氣之序雨潤日暵蓋各有時自春徂夏膏澤未霈先時者苗將就槁後時者種未入土民有憂之惟令民之父母民憂亦憂民喜亦喜神食于此土令之憂亦神之憂也令職其明神職其幽修政布德以召和

令之職也驅雷行雨以利物神之職也苟失其時則失其職矣是用潔蠲吉辰恭祈嚴像虔奉苾芬之薦仰期肸蠁之靈神其念之神其念之

原武神廟謝雨文

比以下民作苦時雨後愆萬室嗷嗷歸命于神忝攝兹土不得自安當傾丹悃躬叩神祠式蒙神惠游降膏澤合境告足民心歡欣是用虔修菲儀以答靈貺惟神弗忘永保有年

原武佛寺謝雨文

一滴之雨我佛皆知衆妙之生何物非此故最大最明者道惟精惟一者人誠心雖微真理必著比緣亢旱仰叩覺皇果大布于慈雲遂溥降于甘霔四野霑足萬靈歡欣三農務興作之功百物遂發生之性秋成在望民力稍蘓悉歸廣大之神通難報生成之妙利伏願繼今以往與時無窮四海絶水旱之災庶民無盗賊之苦永一人于有慶保萬國之咸寧

超化寺龍潭請水文

惟神無方徧滿虛空而水性亦徧滿虛空水之所積神龍之所宅也惟龍能大能小或隱或見變化無常能以一滴之水徧滿虛空大地霑潤萬物滋生龍之為神昭昭矣而原武小邑密鄰神龍之宅自春不雨以涉夏中穀苗將槁函種不立民心嗷嗷惟令之憂儻令弗虔惟神之殛而憫此民庶將弗得食願丐一滴之靈泉以為此方之霖雨因及普天遂周四海惟龍之神感而遂通

不疾而速又何難焉

超化寺龍潭謝雨文

比以農工在務時雨愆期望陰雲之弗興久旱魃之為虐虔傾丹悃遐仰僊祠恭迎聖地之靈泉遠致敝邑之淨剎神龍變化雲雷勃興曾不崇朝而下大雨羣心感悅諸穀遂成是用式薦馨香恭答靈貺仍憑淨梵還致靈潭惟神聽之弗忘永吾民之多福

代楚州李守寺觀祈雨

萬寶告成屬有陽于旱暵百靈薦祉竟無望于皇慈永惟民食之難實賴神天之祐肅將誠潔躬叩高明祈布慈雲普施法雨使有生悉霑于利澤均率土咸遂于豐登

又代諸廟祈雨

刺史惟民之憂民惟食之憂神食于兹土福于兹土民之憂刺史之憂也刺史之憂神之憂也方秋百穀將成雨弗時至秀者不實實者未豐民憂憂之刺史惟民憂之

憂而神亦惟刺史憂之憂也是用肅將明祀徧禱神祠惟神憂其憂而効其靈使民不失望焉神之德也刺史之職也

代天慶觀謝雨文

下民咨怨雖愚而靈上帝照靈無幽不格惟隆祥所以象德惟務德可以動天頃以秋稼將成時雨弗至念農夫之多慼率官僚而竭誠協臻顒若之孚倐致霈然之澤兆茲豐歲曾不崇朝荷大道罔極之恩保斯民有秋

之望諗茲來報仰冀降歆

代崇寧寺謝雨文

有情咨怨雖愚而靈大覺慈悲無感不應比以農民之戚仰伸梵竺之祈曾不崇朝霈然下雨兆茲多稼遂大有年民無飢凍之憂國有豐穰之慶仰憑大力難報殊
恩

代諸廟謝雨文

嗟我民斯憂于艱食禱于神止望彼豐年曾不崇朝霈

然下雨大田回潤嘉穀再生仰承顧諟之靈敢後馨香之報

閑心寺益藏文

如來出世立教隨機菩薩間生應病示藥羣機不等教設多途彼病殊方藥分衆品故九百八十大部總為方便之門而二十五千餘言盡識真常之旨巍巍寶梵各各叢林獨茲龍就之名山尚闕金文之秘藏十方雲侶罔得披尋四衆檀那若為歸嚮頃結金剛之淨社時宗

禪慧之妙門月供千金歲周二律欲乘茲利圖集大緣儻就殊功尚資巨力若男若女已乘般若之舟此生他生更結龍華之會

閑心寺置椅桌文

淳古之風巢居而足莊嚴之事華屋非奢彼時此時以宜爲貴前聖後聖易地皆然故彼藁席之儀諒非棟宇之稱惟吾此刹建自大唐僧徒歲增梵宮日廣每經壇齋筵之盛集而設几𣪺座之或虧趙州繩牀雖淳淡而

自得維摩丈室亦髙廣而必周斯待檀那共安吾衆資道場之宴坐儻獲心閑願天下之普安同沾佛利

代郭守修城隍廟文

神無不在為物之宗在無不報亦必有本城隍之神人民于斯倉廩于斯帑藏于斯甲兵于斯刑獄于斯冐亦大矣報亦厚矣故祀典有載德音所及祠宇之敝咎將誰執因民之暇卜日之吉易壞以完增陋而嚴以舍神止神之臨矣歲時祀之民之福矣惟吏之職以是來告

淨居寺葢造文

永嘉名郡圓機故廬開山五百年來受業一千餘衆莊嚴冠于二浙梵修聞于四方爰有名代之宗師實為此邦之福地昨因天數忽遘火災雲侶星奔宫寶燼委星霜之變將及于歲周土木之功罔聞于檀施某等屬以衆緣建請使檄來臨俾為勸導之人辦此興修之事必資巨力共集勝縁此生他生同成于佛果若男若女各發于好心

閑心寺建藏院過廊文

不為之為應時而造能舍難舍作佛最親廣大聖經藏輪已具莊嚴淨土廊宇未周時節因緣有不獲已檀那布施必所欣聞願發大心共成玆事

閑心寺置經藏文

金人闡化粤自西乾白馬傳經始于東漢厥後流通彌衆逮玆翻譯滋多并合諸家共為一藏皆是傳心之要悉明成佛之方凡我學徒必勤修證舍諸經教何所依

歸闕然具葉之文虛此寶華之藏敢求信士共集大緣
儻發虛心請垂方字

浮沚集卷六

欽定四庫全書

浮沚集卷七

宋　周行己　撰

祭文

代朝請祭金華縣君文

悲夫人世生死相續百歲幾何草露風燭昔我季父起家白屋弱冠甲科四十州牧謂富與貴不求從欲職始校理官纔郎屬奄至大故德卒不禄嗚呼金華實配我

叔安樂生同艱難死獨嗷嗷諸孤孰為饘粥以卒婚嫁
以資飽煖他時有餘今日不足人生如此曷其反覆惟
某不孝或謂可錄叔父父我是教是告叔母母我是拊
是鞠覬其有成以嗣吾族得官歸覲喜溢面目送我于
行涕泣以囑平生善言終身三復微叔我告我于何穀
微母我鞠我于何餗恩德隆厚日月遄速自叔之亡如
傷屠戮往來見母尚盡款曲每及平生相顧頗蹙孰謂
一別罹此荼毒彼蒼柰何斯人不淑聲容楊楊杳不可

矚生死茫茫昧不可贖尊設酒醴殽具水陸銜哀陳辭永訣此哭

祭馮當世文

嗚呼知生者弔知死者傷今或不知其死而傷之者吾亦勝其所當㧕人情之必稱何禮文之固常惟公既名重乎朝廷于下走而奚取曽聲氣之未接詗心情而相許或者誚公寧弗疑欲妻以女嘗不鄙夷不合而止人亦斯已還登于朝終以薦禰噫士之相知蓋百世而

一遇曾毫釐之末報忽厭世而我去謂大德之宜壽曷中道而遽亡天乎難諶人也弗康伊昔脫驂惡涕無從今此薄奠以薦其衷

祭親友文

生不可有附贅懸疣死曷能逃泣露浮漚金烏西墜其誰與留長川東逝其誰與救去歲今日霜月如晝公于是時天命不祐氣兮鬱發風兮栗烈公于是時歸宅荒丘念我昔日與公相友嗟我未來匪友匪媾我有季友

則謂公舅公有令子將慶公後捨我長往不遂一覿具
此薄奠作歌以侑公兮有靈宜鑒于柩

祭劉絜矩文

惟子之愷悌明敏鄉人待以有成孰知其忽然至此耶
嗚呼哀哉子之始來京師與其兄同補太學生使有聲
兄歸子留以期于成曰親之志也雖去親之側而子不
憂居太學一年太學以其行成使試藝于秋官果以得
名當此之時鄉人咸慶子而子之親亦望子以為榮也

明年既不利于春官將歸省其親鄉人既送子行翌日輙以疾告急出視子疾非尋常子曰此疾其將殆耶鄉人皆曰子也何至于此乃與子卜醫得吳謀于鄉人謀于朋友咸曰是良治子之疾日見厥效子亦自云我之疾其有瘳乎子既起床坐且行矣語如無事時鄉人皆喜且為子合謀曰子當亟歸以釋親憂子曰方夏之熱我倦不可以行李且遣奴歸以報我親俟秋而歸及秋子家使人來迓子于京師而子之疾果殆于初矣鄉人

慼然私謀曰是將必不可以復起也且奈之何易醫凡三藥物亦良而不與病當而已在膏肓綿綿延延竟殞厥身嗚呼孰謂子之愷悌明敏而至于此耶人皆有死而子獨不壽而夭耶昔者來自遠鄉以待子成且榮雖去親之遠離親之久而不以為憂今乃客死于京師殁不得臨其屍殮不得視其棺為父母兄弟者奈何其悲昔之所以不為憂者今則甚憂也嗚呼哀哉其奈之何鄉人與子家門客張秀才共殯子之柩于國東門外非

葬也以待子之家來取也今月十六日子家遣外甥僧修與子之故奴王新以書來報其等曰子之柩以地遠隔江海不可以負歸無可奈何顧為火化獨得其骨以還葬于鄉與其在京師亦可以不為異域鬼也嗚呼哀哉子之親至于此心如何其悲也鄉人敢以是命卜今月壬戌之良日發子之殯舉子之柩將夜之以薪而使子之形骸與火俱化嗚呼哀哉是亦子之命夫病不得在親之側歿不得終于寢之堂葬又不得從先王之禮

教其可奈何嗚呼哀哉事固有不可奈何禮固有反經合道子其有知斯達矣生為今之人而死同太古之道亦自有可樂者如死者無知矣則此又安足較耶嗚呼哀哉生死之道不可知存亡之理不可推其然耶其不然耶姑陳詞以薦誠魂有知其鑒此

祭張子充文

元豐太學莫如子舊學醇行懿惟才之茂徘徊場屋數上數否八行設科遂為舉首天子嘉之可為師表一命

南昌州學教授再命辟雍小學司糾方將進用疾遽不救人胡為善天胡弗壽昔送子舟今拊子柩潸然出涕念子游久仲氏懿親同學良友今子既亡吾故亦朽人生萬事何所不有從事難任卜居未就男長女大髮白面皺視子之年吾亦豈久分既有定事非必偶悠然任運泊然自守死生一門聊飲吾酒

祭劉取新文

緬歲月之逾邁騫吾生之多忤慨百年之共盡忽四時

之代序紛羣感之增懷鮮一歡之獲遇何懿親與暱友倏朝亡而夕故若夫子之堂堂矧年齡之未暮惟生稟之正直宜神聽之祐助曾有政之弗施而天喪之奚遽匪溺親私實懷友輔我善曷告我過曷補悵艱逵之念深弭情話而誰晤悲一飯而三輟痛達旦而九寤尋髣髴于平生倘彷徨而靡據唁嫠老以彌哀撫孤遺而逾慕疇先進于已往閱逝川而競注託末契于後來與今吾而異趣已矣乎惟達人之大觀通死生于一度洎暫

聚之隨化炯真常而永固吾知子之未嘗忘子亦與吾而未嘗去杳無臭以無聲泊何思而何慮

祭王司理文

生死之分達士之常曰仁者壽壽胡弗長典獄再期孰匪孰良凡我邦人罔不曰臧官斯事斯吾亦其康今其亡矣曷不盡傷躬致薄奠示哀弗忘

祭女弟悦師文

西方聖人明世之説以親戚為緣累以死生為幻妄汝

願學焉而為之徒捐棄天屬得其適于眂生蜕脫天形復其真于今死汝既無憾吾亦奚悲乃若吾徒學于中國明人倫于一性未嘗不哀也而亦未嘗哀通晝夜于一貫未嘗不死也而亦未嘗死故吾哀而不傷非累也謂汝死而不忘非幻也汝既學焉知其理矣如或以生為戀以死為憂則何所見焉而為之學何所學焉而為之徒

祭劉令人文

惟順與正女子之事令人有之克相夫子哀此良人泣
繼以死我思古人此誠烈婦身埋九原義重千古我則
姻婭逮其季母不敢以傷致此觴俎

誌銘

趙彦昭墓誌銘

士患不立不患不聞元豐作新太學四方游士歲常數
千百人温海郡去京師阻遠居太學不滿十人然而學
行修明頗為學官先生稱道一時士大夫語其子弟以

為矜式四方學者皆所服從而師友焉蔣元中沈彬老
不幸早死不及禄劉元承今為監察御史元禮為中書
舍人許必伊今為敕令删定官方進未艾戴明仲為臨
江軍教授趙彦昭為辟廱正以卒張子充最早有聞每
舉不利今以八行薦于朝凡此吾鄉之士皆能自立于
學校見用于當世其間或先或後或貴或賤或壽或夭
則有命也然不可謂不聞矣明仲之喪其嘗為誌以哀
不幸今彦昭葬又來求銘嗚呼吾于彦昭其可辭乎彦

昭為人博學知古今性嫉惡喜論天下事自其少時已不羣方十歲能為猛虎行鄉里大人先生莫不奇之以為必自立少孤季父析其資產與兄異財稍長曰非也悉舉以屬其兄獨遊京師已而有名登崇寧二年進士第王潁昌府長葛簿屬天子益修學法州置學官選為濟州州學教授導學者以篤學力行不專務科舉士有成材致滿朝廷以為能遷辟雝正兼攝司業浸嚮用矣不幸有疾遂至不起年纔四十八官纔承直郎嗚呼悲

夫彥昭諱霄其先蓋會稽人五代之亂始徙永嘉曾祖
某祖某父某皆隱德不仕先娶同郡薛氏生男二人寧
孫亨孫女三人長歸沈琮次歸陳亶次在室再娶栝蒼
祝氏生男一人桂孫早死寧孫亨孫皆才美而善學人
以為彥昭有子也僅勝冠相繼以死彥昭之亡幾至絶
世家人求得遺子于外曰紹孫今纔十歲嗚呼彥昭才
而為善者也其報若此豈天之于人豐其名者嗇其福
乎其歿于京師辟廱官舍大觀三年四月六日也其葬

也于其鄉李奥之原政和元年十二月八日也銘曰貴
賤壽夭屬于天仁義忠信屬于人達非其通窮非屯殁
而不朽為有聞旁可萬家李奥原善無不報尚後昆

許少明墓誌銘

三代而上士之賢者由鄉舉里選度德而定位量能而
授職故朝無濫進下無失實自漢以後始詔策士然猶
問以當世之務不全以言至唐設為科目文益煩而實
益失法益密而氣益衰魁偉卓犖之士俛首章句一不

中程蓋有終身湮沒而不得進者夫天之降材固將有用于世而士之學道亦欲兼濟于時而後世取士之科每不足以得之㢘天之材乏士之用可勝歎哉吾鄉許少明先生蓋其人已先生身長八尺眉目踈大偉然豪舉真人之傑也自為兒童已氣槩落落日誦數千言數歲即能為詩從鄉里長者丈人遊皆奇其才氣必大有成甫冠遊京師補太學生文詞秀出等輩學官先生交口稱道居鄉里教授學徒諸邑交禮迎至學校邑令下

車必造其廬請所以為政有疑議多就諮決其為人所
禮重如此凡三上禮部而名不登于仕籍顧且老矣無
以行其義為治説二十篇奏闕下皆當世之要務久之
不報乃浩然有歸志曰君臣之義不可廢也遇不遇命
也遂卜居邑之東山躬耕晦迹不復進取嗚呼若先生
者豈其學之不茂才之不足歟惟其科舉較藝之敝不
足以得高世之士而司文者又未必知言之人此所以
覬倖十一而失之者常多也崇寧天子繼述先帝嘗患

科舉試言一日之選不足以盡士之實參稽古今作新一代之文州建學校學置官師罷三歲科舉之試為三舍考選之法又設八行之舉以察隱德凡士之占一藝著一行者莫不畢用于時可謂無遺賢矣先生于是老且病倦于世故卒不見用而終此可以語命也夫先生名景亮居温州瑞安縣生五十七年以政和三年十一月甲子卒于家卒之日邑中之人皆涕泣相謂其君子曰吾何遊乎其小人曰吾何依乎相顧涕泣至行道之

人弗忍蓋先生平日極輸誠信樂施與援人之急所以得于人者如此娶同邑趙氏女生女子一人歸郡學生薛得輿無男子為後于是其弟景衡為承議郎大名府少尹政和五年十月己酉少尹舉先生之喪葬于郡之西山瑞鹿寺之西原以某與先生遊卜銘銘曰為天下者必用賢而賢不必用者取士之法未至也法旣至而不得賢者有司之罪也有司明良而或失之者蓋亦有命焉爾矣士茍知命則其進退豈不綽綽然有餘裕哉

嗚呼少明先生之謂歟

壽昌縣君胡氏墓誌銘

某之從祖叔父名況崇寧元年以奉議郎知信州鉛山縣事十月庚辰喪其夫人壽昌縣君越明年使來告曰吾將以崇寧二年十一月初九日乙酉葬壽昌于常州江陰縣來春鄉道泰之原屬汝銘某謹按壽昌君姓胡氏世為毗陵望族曾祖諱某贈太師開府儀同三司沂國公祖諱某太常寺奉禮郎父諱某早世弗及仕胡氏

自文恭公起家嘗以其兄之子歸吾從祖祖父校理既又以其兄子之子歸鉛山于是遂為世姻而壽昌與校理之夫人以姑姪為姑婦凡吾周氏之族皆曰鉛山夫人之賢似吾校理夫人之賢蓋其為胡氏也保傅之訓教者相若也為周氏也姑媳之詔聽者相若也故以其所以為女事者為婦事而周氏之為婦道者皆曰是為婦足法以其所以為婦事者為母事而周氏之為母道者皆曰是為母足法也嗚呼女子之行不出于閫擬人

之善莫如其親是所以書也所以信也壽昌蓋以夫登
朝封為邑君享年五十有七生男子五人其皆舉進士
女子三人長適晉陵胡璿次適高沙李材次許嫁姑蘇
徐孝廣孫女一人銘曰生有訓歸有詔婦是則母是倣
惟壽禄彼霞壽燾訂來者視豐報

王君夫人毛氏墓誌銘

吾友良弼將葬其母以鄉八行朱敏功狀來請銘維母
夫人姓毛氏永嘉郡人年甫及嫁歸同里王氏之瑜王

氏家方多資屬舅姑相繼喪世口衆費廣家財稍衰夫人才智出諸男子右能不愛其裝具悉貨所有佐其夫以事本業于是閉門處約問遺服用不敢修飾至衣其子雖弊不恥艱躓數歲家乃少贏諸子稍長悉遣遠就師學聞州里之賢者趣語其子曰苟如其為人雖不利進取吾何汝責故其子所與遊多鄉里善人君子而所習問學知本德性異于科舉苟得之士此其夫人所知過人遠矣良弼夫人長子名清臣最賢方夫人之疾其

初甚微雖明醫不能察其所以治良弼以為憂悉攷方書精求藥材得所謂乳核之證與所以治療之方于是夫人疾小間者數年而良弼遂知醫藥他疾有不能知者往往投藥屢中二弟天益天澤皆能遵其訓守循循無大故夫人年五十一卒于政和元年六月十四日四年二月十二日乃始克葬于其里大羅山天柱峯之麓銘曰才而智成人之室維其義子克家法後世夫人之譽永終惠

丁世元墓誌銘

國朝既包有四海温之為郡粤在海隅而民方幸脱五代之亂其上世未有業儒為官者家或饒資必被役于公凡民一為吏則挾法鉤致人情倚為輕重以邀利入是時惟吾家曾大父贈屯田君與丁君世元顧籍文無害出入公私毫忽不犯故皆號稱長者而二人亦獨相好由是屯田君以其女歸世元之子某生晚不得親見其行事尚聞諸族黨與鄉里長老之所傳咸謂世元為

人性寛而色和尤喜施惠樂道人以善無少長戚疏皆得其歡閭里有爭者往往先就決曲直君以為可然後敢聞有司以為不可遂不復訟曰丁君長者必不我欺至其家一切飾以儒者法度常曰男女婚嫁必于儒者庶可訓以善而責以義使子孫學儒猶坐嘉蔭之下自有清風至于他術譬如置之荆棘動輒見傷況足庇身乎故于丁氏之家無他業而君子長者之風子如其父弟如其兄鄉黨莫不推重以取法焉則其為善之效益

可見矣君治平四年正月乙亥以疾卒于家享壽六十
有九其孫昌期承父後以熙寧二年四月丁酉葬君于
郡之西山法濟院之北原已恨弗獲銘其墓于是始遣
其曽孫某來求所以表其實于某昌期蓋周出也于其
父行不可得辭且謂夫人為吏以厚一可書也以儒施
家二可書也為善之效三可書也是可以書也其安得
而不銘耶君諱某世元其字也曽祖諱某父諱某皆不
仕取葉氏生子男一人某先卒女一人適進士蔣某于

是元祐八年七月庚寅叙而系之曰敦彼人斯吾邦是

臧封之巍巍實為其藏貽示後人無或吾傷

蔡君寶墓誌銘

人生百年欻若白駒之過隙其間時命不齊或三四十

年或五六十年抑又幾何故未知善必汲汲求知善既

知善必汲汲求為善豈惟分陰之可惜蓋亦一念之不

可息也吾友平陽蔡君濟嘗為予言其兄君寶頗患俗

之不美親在而異財既歿而私居也嘗欲廣其室廬以

族處葢其田疇以族食于以合宗族于以表鄉閭皇皇汲汲凡經理資財以為是葢十餘年矣年甫强仕志弗克就而不幸以死嗚呼古之為善者夜以繼日坐以待旦葢懼夫時不待人故也君寶父汝平弟元康元嘉皆為儒者而君濟最有知識善學賢士大夫多傾下之其兄君寶之强為善也又如此獨惜其年之不足不能成其所願為以見于世此可為長太息也君寶名元龜娶母之姪女陳氏生女一人男二人皆未名其卒也以政

和二年六月丁亥其葬也以卒之明年三月壬申君濟
書來請銘銘曰蔡氏之先温陵其邦自唐中和徙温平
陽世業儒仁君材幹强力相厥家覬以儒昌合族而居
謀之孔藏年期不百志弗克揚垂髫在室戴白在堂人
之亡矣曷歸其傷大奥之原邑之西鄉迺銘斯善以慰
其藏

沈子正墓誌銘

永嘉沈躬行之父諱度字子正年六十一紹聖元年三

月某甲子卒于京師明年某月某甲子葬于其居邑瑞安縣某鄉某之原先期躬行致林石介夫狀來請銘觀君平生治行蓋剛介尚氣節不惑于流俗者也温為郡並海俗信巫祝禁忌至使良民陷于不義方春病瘟鄰里親戚絶不相問訊死亟置棺他室密封固棄去百日乃啟為喪事謂不爾且相傳以死有司不知禁民習莫敢犯熙寧初永嘉大疫君母病死其女奴又死家人卧疾數輩內外皆恐議如巫說君獨不顧觸禁忌具棺斂

為服朝夕哭泣薦奠如禮卒無他居邑火禁其友廬人莫敢嚮君聞譟作疾趨蹈煙焰負其母而出鄉人壯其義是可銘者君曾祖諱某祖諱某父諱某娶某氏生子男三人名志行躬行夷行女子六人嫁張暉陸絅林晞顏葉正己趙霈其一尚幼君喜儒男必遣就學女必歸進士洛陽程頤正叔京兆呂大臨與叔括蒼龔原深之與吾鄉先生介夫皆傳古道名世宗師學者莫得其門君能資躬行從之遊而鄉黨朋友咸稱之以為君子之

子其來請也又何得辭銘曰不惑于俗智也趨人之急義也君則已矣以尚其子

戴明仲墓誌銘

道學不明世儒蔽聰明于方册文辭之間不知反身入德之要仁義禮智根于心而措于事業致懵昧于理亂之機顛冥于進退之義道大悖矣而不知返也嗚呼間有懷才抱器知學達本之士可與有為而湮沈下僚無所遇合且覬其逢不幸短命死矣可不為之歎息哉吾

友戴君明仲是已明仲資禀剛明少而有立嘗從洛陽程氏問學知聖人之道近在吾身退而隱于心合于聖人之言若自有得方且沈涵充擴日進而未已優游鄉黨期以有為于世而年纔三十有七奄至大故嗚呼真可謂不幸也已君之弟迅狀君平生世次曰君諱述溫州永嘉人曾大父某大父某父某皆不仕君為童子誦書日數千言為文操筆立成從人受學未幾已盡其能輙棄去肄業鄉校較其藝常為諸生先因去遊京師試

廣文館時趙丞相主文柄得其所試業異之意其為老儒先生擢異等而君未冠也由是知名京師以為太學士皆科舉口耳之學為未至于是益遊四方求古所謂為己之學尋居父喪寢食如禮廬墓終喪中元符三年進士第調婺州東陽縣主簿吏裒私錢完公舍以待君至得狀悉以俸錢償之州徙君監銀冶君以去辭弗獲因慨然賦歸去來詩十首以自見投檄而去邑人爭挽留之君徐譬之曰仕宦顧當擇地耶乃奉親屏居里中

優游累年闔門讀書若無仕進意會州置學官選為臨江軍軍學教授部使者交薦其能俄以母憂解職居廬哀毀得疾以卒時大觀四年三月癸卯也妻同郡劉氏右諫議大夫安上之妹子男二人顒穎女三人皆幼君孝友直諒挺然不可屈折世儒或訾其太高博學精識議論古今審至嘗自許欲有為于世蓋于其小者不屑就也不幸短命不克盡其才以死有志之士莫不為之太息出涕病且革無一語及私顧妻子在旁無憐色嗚

呼可謂難矣其遊同郡林定為哀君之文亦曰明仲蓋
吾鄉之益友也初舉廣文館進士未試于禮部喪其親
鄉人謂戴氏有子將于此乎觀禮明仲不惑于老釋陰
陽之說居喪哀毀不食菜果旣葬廬于墓側無一不如
禮者鄉人翕然稱之登第調婺之東陽縣主簿有所不
合賦歸去來十首投檄而歸會行三舍法選用師儒復
出為臨江軍軍學教授丁母憂得疾于倚廬醫曰是疾
也不可以風盡遷諸內明仲不可曰疇昔之夜吾夢焉

有告以生死之説吾其止于此乎居六日而卒嗟夫生死亦大矣而所守如此則夫用舍行藏之際其肯動心于刑禍利禄而輙變其操耶蓋其天資過人遠甚自少時為文已為先生宿儒所驚異益廣以學則隆禮篤孝不交流俗議論超邁器業不羣將以大用于世也不幸而止于此其命矣夫明仲樂人之善而少所可辱與定游久其亡也哭之哀故又為詞以哭之創大廈之崇高兮非一木之能支涉長流之浩蕩兮豈芥舟之所宜致

黄唐于兹世兮匪大人而曷為嗟聖賢之難偶兮或異世而參差幸皇明之在御兮誕圖任于皐夔彼蹈襲之為學兮邈層霄而管窺望古昔以並驅兮足次且而莫階美夫人之智及兮復勇義而弗疑蹈中庸之正路兮喟末俗之多岐氣邁往而莫屈兮肯折腰于夸毗坐藝圃以導道兮將舞雩而浴沂何命極而至此兮亶閔凶而獨罹又神聽之昧昧兮仍疾疢于荒危豈吾喪之不勝兮守禮經而弗移夢有神以來告兮實明者之前知

痛才難而莫贖兮撫世儒而孔悲晝惻惻以忘食兮夕太息而不寐寓斯文以告哀兮匪交情之獨私政和元年六月丙午其家舉君之柩葬于郡之西山太夫人墓之次以行己為同學來請銘顧二君之言其文義皆可傳久于是并著之而為銘云

何子平墓誌銘

客有服喪者貿貿然來拜伏涕洟與揖而言曰恕嘗獲私于吾子令也不幸恕之先君大故恕不敢死以圖卒

大事今旣有期敢來請銘客余同學生也不得辭于是敘而銘之曰君姓何氏諱某字子平世為温州永嘉人先無顯者自父祖以來皆以利術厚其業君生長其間心習氣染若不學而能及壯即多就舉貸行賈江湖間初不利愈苦志經度盡知四方物色良窳多寡與其價之上下用是子錢稍稍登本迺益羅取衆賈所棄時其鈍利為之出入人家緩急須索百物無不有物直常數倍遂致累資千萬稱于大家亦其平生直諒用心勤久

之效非特智術然也余觀司馬遷載古之貨殖若陶朱公師史之徒皆智度加于常人然後能各就其所欲為雖利道不一要其行事與君操術畧相似可以為理生者言也君初娶胡氏生二男子曰思曰愿皆先卒後娶鍾氏有男一人元祐八年三月乙未以疾終于家年七十三將以明年正月壬午葬于州城之西南吹臺鄉斷塘里銘曰初艱而後贏利之經生勤而死寧道之徵尚者能能而不尚者其不能嗚呼子平

朱君夫人陳氏墓誌銘

杉橋朱氏者有厚德能仁其邑里其祖有名錢者里人為諱之不曰錢而曰金帛至今不改此豈有禁令服從哉其女弟歸其來孫昌年甞見其父祖輩行多高年長者粹然淳古皆有温良之氣而女弟歸寧亦每稱其家人女子皆雍睦恭順無間忌之行于是昌年母陳氏為嫡長婦能身服其善訓以佐助其夫子凡所以善宗族周貧乏悉如其上世所為雖中年寡居亦守此不懈所

以及今人獨稱其為良家善族亦其天資淳懿與其父宿學長者素所教訓之力與朱氏為一時之會也夫人父諱某夫諱某皆温州平陽人有男子七人長某嘗舉進士次二子從釋氏又其次某為太學生有聞皆先夫人卒他人所不能堪而夫人無深念甚憂之色非忍也寛故也比終獨季子昌年昌晨當後事昌年賢嘗為政和二年貢士人期以起家者也女子一人為尼名戒學夫人年十九而嫁四十八而寡七十五而卒卒以政和

四年三月乙巳是年十二月丙午葬于其鄉金山之原服喪者有孫男八人重孫男三人以為福善之報云銘曰一夫為善一鄉所歸一婦為善一家所宜人孰無善胡莫弗為從義則利從利則虧銘以告之守此勿隳

鄧子同墓誌

吾之友鄧氏子諱洵巽字子同元祐五年五月二十四日卒于京師越六月五日某至自洛即其殯哭之已而語諸人曰哀夫吾子同之亡也夫道之不明天下學士

淪于流俗以聖人書為發策決科之具父教其子兄詔其弟師傳其徒莫不一出于此雖有良質美才生則溺耳目恬習之事長則師世儒崇尚之言至頭童齒豁不知反一言以識諸身而子同少年敏發于此獨知有所謂聖人之學之要目之所視耳之所聽口體之所安無不學也其志蓋將誠于心而達之天下嗚呼孰謂吾子同之亡也夫子同生二十二年監綾錦院祕書丞諱良之子贈朝請大夫諱至之孫大夫君居鄉動有禮法祕

書君為中年令有聞宜有是子也而亡之命夫是歲冬十二月其兄將舉其柩歸將以某日葬于許州陽翟縣某村某山鄧氏世為成都人以其世父龍圖君貴遂徙居陽翟子同之葬祔先塋也永嘉周行己誌

葉君墓誌銘

葉生漸從予游刻勤有志向父死且葬屬予銘嗚呼夫人有子擇術業儒義方孰大于是葉君名芳也居温州永嘉也葉吏也娶韓也子洙與漸也生寶元己卯十月

乙酉也死崇寧壬午五月癸亥也葬其居會昌湖也死之明年十二月庚申也銘曰人而弗儒懵懵其趨儒而弗居懵也如初而充而儒君子儒乎

周君墓誌銘

永嘉有隱君子者姓周諱某字彦通故司封員外郎集賢校理某之子初校理以恩得補一子官君居長避匿鄉里弗肯出校理歿貲産貨財一無所取蕭然獨結廬于謝公山之側治園居閒未嘗交俗歲常蔬食日從佛

者希淨遊鄉里親戚推其忠信篤敬過其門知其為隱者之居也入其室知其為君子之人也至啟手足又知其從淨公之有得也生五十七年卒于崇寧四年六月之庚申葬于五年十一月之丁酉其居郡之登瀛坊也其藏瑞安縣之魚潭山也娶同郡陳氏生男二人女二人銘曰卻榮而弗攖去利而弗爭恂恂然退若無所能心平氣和獨與道成是為君子之徵

浮沚集卷七

欽定四庫全書

浮沚集卷八

宋 周行己 撰

五言古詩

憶歐段

歲暮何所思道南感與籍出門泥漫漫跬步成乖隔人情未免俗節物復感迫念我江海人紓節慕古昔少年弄柔翰頗謂得所適豈有軒冕心況自便菽麥人生不

可意變態忽如奕浪藉太學生俯就科舉責居然五六載頗不料損益貧賤思富貴富貴悲迫阨所得九牛毛置身豈良策何如謝客兒會稽卜佳宅文章富貴心山水樂幽僻長安不可居季冬猶絺綌緬望悲故鄉恨無晨風翮寒牕九轉腸紛亂不可繹此意竟誰語坐覺鄙吝積不見二三子詎可論肝膈悠悠百世名浩浩此生跡離婁燭千里盲不見咫尺

營居有感

有鶻銜枯枝往往營其巢巢成雌卵雛雛出聲嗷嗷雌
飛雄啄食絡繹日百遭咄哉誰使汝理也不可逃曠曠
宇宙內顧奚獨汝曹人生結棟宇斬木與誅茅經營壯
有室者艾尚勤勞

待李純如鄧子同

誰云相知好相知亦吾累一夕不在眼青燈已無寐晚
定李鄧交付託足心地嶷然諸儒中百馬逢一驥對我
懷抱豁軒眉得深意昨朝分手出冠帶修人事淹留久

未返終夕念乖異搖落庭樹秋虛牕發清吹坐起無一
歡出門屢瞻跂歸鼓朱絲絃復理黃卷字經誦雖曰樂
其如心不遂欻欲往從君念無晨風翅掃地焚香坐聊
以待君至

題樂文仲憊軒

古有大隱人不必在林藪屠釣得賢傑能出漢廷右用
之即為虎信是經濟手樂生淮海來貧窶常露肘迺翁
病風痺粥食不到口下簾長安市授經供卯酉生涯一

傯軒貌作槁木朽膽實大于身豪氣貫牛斗往往或下人恐是黃石叟屈身以伸道此事古來有貧賤交分薄益見俗態醜文夫豈得知事定蓋棺後與爾同一笑聊進杯中酒

寄題鳳翔長孫家集芳亭

種木須種松松有四時芳種草須種蘭蘭有十里香衆木豈不大秋至即凋傷百草豈不好露下紛萎黃人生事園圃用意各有方不貴草木多只貴草木良但種松

與蘭主人家道昌

玩師求詩歸台州

越鳥棲南枝胡馬依北風人生亦懷土安能長西東玩
公白雲老方丈憑高峯忽為萬里遊應緣來晨鐘君看
伊與洛二川日溶溶逝者亦如此流轉何時窮我居謝
公山天台一水通莽莽宇宙内那知忽相逢塵埃識眉
宇覺我耳目聰暫來還復去有如無根蓬令我長歎息
不得久相從側身雞鶩羣仰羨高飛鴻

奉和佛月大師

朝出太學門廣路長飈飛如何緇塵微汚我如雪衣擬足投清淨入寺扣禪扉遇彼賞心人發言破夕霏旣見彌明句乃知侯喜微琅琅發妙語慰此渴與飢小卷大字書一一各有歸更以金玉贈萬丈生光輝日落微雲收明月滿書幃

贈沈彬老

永嘉人物衰斯文久零替學徒寡道心日與風俗敝我

生衰敝後上思千載事實欲閭里間一一蹈仁義敬重
鄉人情翻遭俗眼忌晚得沈夫子學問有根柢矯矯流
輩中頗識作者意歡然慰吾心歸此同好嗜吾子更我
聽士也貴尚志古道自足師不必今人貴荼苦不異畝
薰猶不同器所憂義理惄何恤流俗議進道要勇決取
與慎為計去惡如去沙沙盡自見底積善如積土土多
迺成歸讀書要知道文章實小技子試反覆思鄙言有
深味自非心愛合安能吐肝肺行行慎取之紓節思遠

大豈但勸鄉閭永爲斯民賴

敬贈李方叔廌

蛟龍吐雲氣霧豹出文采許穎有佳士翰林風流在吾道固多艱明時屢危殆嘉穀生螟蝗稊稗勞取采平生數萬言未料寒與餒天生濟世才發揮必有待伯樂一顧重豈不價百倍展足造青雲會見絕四海顧我苐葦姿謬欲漸蘭茝達人固多可借譽飾駑猥丈夫一相知胸中何磊磊磊磊頎作南山松青青期不改此事雖一時風

流激千載

肺病

吾生與靜併早無適俗器失身掛塵網道心日已替今茲得肺病自可絶人事默觀悟生理是身同一蛻代馬無南蹄越鳥無北翅物各歸其本我何有於世冠冕且罷休養痾山水際藉石看白雲臨流鼓蘭枻百種絶念慮優游聊卒歲誰云病疾苦鮮后卽良計

次韻李十七僧宜見過兼簡杜思誠

坎壈客遊子歲莫懷百憂困若伏轅駒未遇甘垂頭志度蘊剛潔勁氣横清秋豈事稻粱唼比翼黄鶴遊人情憎遠客言笑懷戈矛有道死不泯能易匈匈不窮當志益堅詎逐波上鷗有杜莫逆交有李山陽儔日想文義會夫我心則休心休日月閒忽忽時歲道俗子浪嗤詬日夕競咆烋圓鑿事方枘固知不相謀我徒方外士汎若不繫舟東西與南北無入不優游至此願隨俗俛眉愧前修駕言歸去來山寒不可留薄俗利口實斬斬非

我倖太息仰明月忽作尋常流

蚊

天地不愛人生此人之苦吁嗟實微物身不及毛羽利

嘴善嚙膚令人失眠睡長夏五六月執熱不通噫此物

于是時翾翾夸得勢一聚動億萬翳空如盆壒當晝即

散伏得夜乃紛會每見燈火集不容設幬蓋初若蝟毛

戢次第緣罅隘稍稍傍耳飛嚶鳴欲相賣揮拂不敢停

得便時一嘬所欲未涓滴已見盈腹背捨命不畏死忽

遭一柏碎顧我七尺軀豈不容爾細蜂有毒在尾爾有毒在喙畏爾衆口多不比蜂一蠆安得厲金商掃蕩聊一快

寄題江陵李潛道釣磯

嚴陵避世士四海一釣磯三聘非其心獨釆富春薇蒙城有靜者白首卧荆扉築臺俯溪鳥獸翫道心微箕踞謝官長把竿忘是非少年詞賦場秉筆落珠璣投老漫假板長嘯却南歸緬懷直鉤理濯髮待日晞貧賤得肆

志富貴多危機

觀傅公濟胡志衡楚越唱和集因成短句奉贈

清露凝百草四海黄葉秋遊子思故鄉中夜攬衣裳起坐不成寐歎息銜百憂久客豈其願亦為甘旨謀平生少年日睥睨氣食牛秉志三皇前展步狹九州乃今已半百尚有饑凍愁生逢聖明代不忍棄田疇折節衆士底足為妻嫂羞伯樂尚未遇馬知非驊騮觀其楚越集迥覺出輩流有如閲武庫森然見戈矛近者咸興作無

乃或暗投五車空拄腹一飽豈易求不如臨洮子匹馬萬户侯遇合各有時莫笑東家丘

復用前韻奉酬夢符學録

子卿五言法氣格嚴勁秋綿綿武功裔尚不廢箕裘洒然落妙語一破萬古憂文章本道德作者通神謀惜其命不達白首猶飯牛學者願識面或比韓荆州儒冠真誤身未免妻子愁長安遊俠兒生不辨田疇儒有不黔突此輩飫珍羞左右夾燕趙出入跨驊騮富貴即稱賢

寧辨清濁流乃知讀萬卷不如持尺矛斯言雖有激亦為智者投古人願執鞭如或不可求君看授業生已為公與侯颯然灌園翁零落守舊丘

古意贈答段公度

野人比芹子昔獻已負慙安得長者語借譽若為甘自愧帚帚姿欲駕驅驪驂寸進復尺退虎穴詎得探

寄題方氏賞心亭

日月欻不淹萬物紛迴薄冬索復春敷夏茂以秋落彼

來無窮期詎可盡酬酢人生聊爾爾政應如鮮薪可料
百年身胡為自東縛達人暢高情物物各有樂濁醪隨
身置心賞悟遠託陶阮寓酒意斯亭豈虚作

送別

人生如斷蓬萬里忽相値會日常苦難別日常苦易十
年聞子名未識已心醉我友豈不多愛子好心地身小
膂膽大面目無邪氣磊磊棟梁姿温温瑚璉器人物哀
落盡百馬逢一驥我懷未傾倒離別已復至天寒霜正

槃山險道不利君行獨何為百里求自試願持孝友資
發為惻隱治上馬且勿難吾民竚嘉惠他年廟堂上舉
此亦不異强飯數寄書待爾慰窮悴

同舍劉子美將歸唐作詩見貽次韻以送其行

我學比棘猴漫費三年刻技成無所用奔走虛南北儒
生紛逐利雅道日衰息乃獨資章甫取售祼人國雖知
自守重豈若趨時得念欲障狂瀾亮非一簣力吁嗟且
置此徒使氣填臆與子共師友焉得久默默行行愼兹

道慰我日惻惻

送友人東歸

是身如聚沫如燭亦如風奔走天地内若為萬慮攻陳子得先覺水鏡當胷中異鄉各為客相看如秋鴻扁舟忽歸去宛然此道東我亦議遠適西入華與嵩飲水有餘樂避煩甘百窮相逢不可欺偶然如飄蓬于道各努力千里自同風

和郭守叔光絶境亭

雲横絶塵境峻堞若繩削羣山列培塿衆水分脈絡下
瞰萬瓦居縹緲見樓閣松風發天籟泠然衆音作韶
天宇清塵襟一澄廓

少年子

臨洮少年子白馬黄金羈醉向壚邊宿小女倩縫衣不
惜千金贈只惜少年時當時不行樂過時空自悲

北山閣

北山有高閣暇日聊登遊臨眺並慘悽焉能寫我憂軒

軒皆嶄嶄石激激瞰溪流野鳥時上下白雲自沈浮徙倚

事窮覽良時忽我逌日匿西岡下月出東嶺頭寒烟沒

樹杪勁風夾山陬十月客衣單不可重遲留緬望涇水

濱使我心悠悠

九日登高有感

置酒臨重陽舉觴忽不樂憶昔登高日親朋盛杯酌人

事經年異景物但如昨生别未會遇死别已冥漠吾生

更飄蕩四海無所著黄花眼中見翻令懷抱惡莫覓四

坐歡節序正寥落

征婦怨

嫁君若太遲別君若太早官行有程期不得暫相保妾有嫁時衣金縷光葳蕤送君即遠道數日望君歸君去竟何許君歸竟何長昔為膠與漆今為參與商朝看雲間鴈暮看水底魚鴈魚過幾許何處寄君書有食不下咽有衣不被體夜回九轉腸日下千行淚階前萱草長奩内粉黛空萱草不鮮憂粉黛為誰容人生若朝露顏

色豈長好況乃懷憂愁憂愁復易老及春不開花結子待何時君在須早歸妾在長相思妾不願君富貴妾只願君賤貧賤貧足相保富貴多棄舊妾不願君成功妾只願君早歸早歸及年少功成妾已老君去妾二八容顔花莫如肌白不著粉色紅不施朱郎今君尚未酬勳妾年二十已有餘

楊花

楊花初生時出在楊樹枝春風一飄蕩忽與枝柯離去

去辭本根日月逝無期欲南而反北焉得定東西忽然
驚飈起吹我雲間飛春風無定度卻送下汙泥寄謝枝
與葉邂逅復何時我願為樹葉復恐秋風吹我令黄萎
我願為樹枝復恐斧斤斫我為椽榱只願為樹根生死
長相依

和子同觀音寺新居

太學士千數濟濟多白袍其中靡不有令人愧遁逃風
俗且如此焉能獨守高詳擇乃其道或得賢與豪近復

失段子嗚呼命不遭吾生得覬豁誰能置圈穽武彧萬人敵何用學六韜文士亦齷齪勞心徒忉忉利害竟何許相去九牛毛脫畧或吾事青松隱藜藿麟鳳豈仰見狐狸多叫號如不卜清曠樂此阮與陶文思韓吏部詩見杜工曹揮麈談風月中夜聲飈飈往往移北山不必反楚騷吾道用無窮所志各有操或隱身幽討或放迹遊遨平生事已定用心奚獨勞

送畢之進狀元二首

春風不開花吹雲翳白日天寒食不足江頭拾芋栗我
馬不敢驅畏此霜霰密君行當奈何開帆轉飄忽挽舟
君且住為君一洗拂今日此良會他時未可必我生鋤
犁手一飯願已畢官曹雖强汝今汝心若失扁舟行亦
歸還我性曠逸騎牛不騎馬鼓腹吞溟渤他年作霖雨
勿汙我蓬蓽
修髯奇男子未識已心與獻策集英殿脱畧獨豪舉二
年襄陽幕歸舟峴山渚同事三日留時時作險語隆凖

帝王孫蕭然好風度詩書百萬卷胸中芥迴互平生蘇

惠州氣槩頗自許人生艱難際政可觀去處二子經濟

才用之則為虎髯公且為客王孫且為主明朝各天涯

歌眉為誰嫵舵師挽舟去回首空南浦莫笑參軍強參

軍定強否

雨中有懷

世態紛戢戢客愁亦不盡坐牕木榻穿百慨逢一哂觸

眼敗人意喜事日益泯小暑三日熱重我憂躁疢祟朝

一雨洗意氣覺清緊焚香彊起坐曲肱聽鳴蚓出門復
有覲物色相蠢蝡危芳隨墮蘤牙水蝢上堦楯失勢蛛墜
網得時朽蒸菌矜飛啄泥燕戢翼翔雲隼此理復誰論
中腸紛結縝懷我平生好意得如合胳欸段屈薄宦有
如驥服靷兖李困諸生豪氣浮海蜃華李本達識磊落
忘畦畛忼慨任闋西開口見肝腎高蹈潘逸士未能趨
縣尹小王頗清修對策如射埻復有孫夫子未許連車
軫聚散各異處單居謝推引言笑誰與歡思逝如抽筍

作詩當晤言為我發大噱

奉酬天復古風

我生不愛言欲言令人惡總總乾坤內抱此誰與託昔者所親人今或苦茶若生交各分離死交已冥漠事非固必存千載一轉腳要知達士心閱世等糟粕不求萬法脫不與萬法縛索然天地中去留如解籜萬事豈足為而苦自結約吾以此應世方枘與圓鑿何當得蔡侯飄若雲中鶴新詩近道要如病飲良藥上言古心人次

言時道薄落落濟世志拙者但駭愕功名付吾子我獨甘藜藿誰知陋巷中簞瓢有餘樂

五月二十五日晚自天壽還呈秦少章

客思日百種無一適所願入夏對燈火坐牕如坐圈開口畏禍機俛首學癡鈍嘉友不在眼相思劇方寸晚凉策馬出豁然對清論盈月阻良覿歡喜論繾綣上言得三盃次言科舉困新詩破煩想覺人體中健重我時時來殷勤留一飯促膝對夜樹蕭爽無俗坌歸來勞夢侵

今人欲高遯

政和丁酉罷攝樂清寓柳市莊居和林惠叔見寄

懷禄非其心事君要以道古來際遇間每恨見不早觀其風雲會事業何草草卓哉張子房器博用殊少恐量世主心用此恰恰好所以收其才遠從赤松老富貴非利達貧賤非枯槁超超聖賢心吾欣願執掃

遷居有感示二三子

四時忽代序靡靡無停息白露應節降凉飇變晨夕間

居二十載遷徙靡寧日鳥鼠有巢穴我居無定室田園固所乏婚嫁何當畢貧賤難為好仁義寡所匹總總百年内萬事安可必人生七十稀我今五十一齒髮已彫喪肌肉乏腴實固窮吾素分苟得鮮終吉餘年當幾何任運非得失

發東陽

客行無緩程悲吟無緩聲促促復促促居家食不足徘徊重徘徊欲行還欲歸近懷遠弗顧强復驅車去

七言古詩

寄魯直學士

當今文伯眉陽蘇新詞的皪垂明珠我公江南獨繼步
名譽藉甚傳清都達人嗜好與俗異誰欲海邊逐臭夫
小生結髮讀書史隱憫每願脫世儒幾載俛首黌堂趨
爭妟梁藻從羣皃野人鼓瑟不解竽悠悠舉目誰與娛
幸有達者黃與蘇誰復跼蹐如轅駒古來志士恥沈沒
參軍慷慨曳長裾相知寧論貴賤敵詩奏終使蘭艾殊

當時仲宣亦小弱蔡公歎其才不如迺知士子名未立
須藉顯達齒論餘嬰兒失乳投母哺當亦飲食瓊漿壺

次天峯居士韻奉寄

天峯靜者巢箕叟著書不為牛馬走夜雨題詩寄日邊
觀者辟易皆縮手嗚呼大雅久不聞吾道悠悠付林藪
伏龍鳳雛人未知畎田長大皆稂莠將軍為志窮益堅
魯儒雖死不更守鶢鶋有翅須搏風苦李當道誰開口
京師車馬十二門一日萬億無不有吞腥啄腐何卒卒

正坐誚言並漸滑可憐惠施多才氣不悟據梧瞑低首
功名浩蕩悵何許置身謀慮苦不久盡似淵明歸去來
不作折腰求五斗飽食大人如肉山衮衮奔馳氣如吼
東山野人氣亦芒郎將自昔今獨否誰能脂韋化百鍊
世態欻如屈伸肘何時尊酒話疇昔擊節新詩意非苟
泥雪憶志康公度元老
正月二日多雪寒京師道路無日乾巷南巷北一望隔
出門但見泥漫漫歸來危坐官屋底日飽太倉半升米

相思更覺行路難蒙垢何當為一洗

和任昌叔寄終南之什

少陵作者今卓爾彭澤一觴意何已詩工酒逸覺有神此理浪傳嗤俗子卻求舉選科目間仰看有道當汗顔聞君欲往更愁絶歸心日夜急飛湍

送歐陽司理歸荆南

荆南秀氣有異才我今見之歐陽子長年讀書五車過下筆神捷風雲起一昨新書警末俗儒衣喜好入骨髓

此君矯矯出輩流一心本學妙達理斯之自信謝黨與
萬口一律誰信爾眼明卻見法令新四海文章盡蕪氏
馬羣一遇伯樂空近扳其尤自君始可憐平生萬艱苦
及壯一官歸故里丈夫行道會有時用心深處良獨知
眼中人才不易得鳳翥龍驤非爾誰野人一身日百謗
人笑阮癡端不癡憶昔定交論心腹示我青青千載期
玆事風流定不朽謝爾紛紛輕薄兒如此嘉會豈易得
端知聚散非人力相期遠大莫相憶要須身健且强食

次君陟見志韻

秋風颯颯吹寒雨寒士畏寒不畏暑杜陵四海無尺椽頗思大屋連千礎大庇天下寒士寒小利猶能及雀鼠平生志大不小用未解從人問科舉可憐時俗喜儇媚此道悠悠付何所不如歸來貧寒日食芹得味絶不苦人生何處無一飯飽卧便便腹如鼓

竹枝歌上姚毅夫

元祐辛未閏月既望隴西太守燕客于郡之雅

歌堂客有某好余詩歌因作竹枝詞五章章五
句以紀其事而一章言其行樂之欲及時二章
言其及時而樂三章言其樂極而悲四章言其
悲而自反五章言其反正也

秋月亭亭揚明輝浮雲一點天上飛欻忽囘陰雨四垂
人生萬事亦爾爲今不行樂待何時

翠幕留夜燈燭光主人歡娛客滿堂龍船盛酒蠡作觴
秦吹齊歌舞燕倡夜如何其夜未央

佳人玉顏氷雪肌寶髻繡裳光葳蕤齊聲緩歌楊柳枝
歌罷障面私自悲坐客滿堂淚霑衣
酒當毒藥色當斤人生行樂如浮雲動人春色客已醺
美人不用歌文君客有相如心不春
壺傾燭燼樂事衰堂上歌聲有餘哀主人謝客客已歸
風蕩重陰月還輝皎皎千里光無虧

浮沚集卷八

總校官舉人臣章維桓
校對官編修臣吴錫麒
謄録監生臣鄧士品

圖書在版編目（CIP）數據

浮沚集 / (宋) 周行己撰. —北京：中國書店，2018.2

ISBN 978-7-5149-1900-4

Ⅰ. ①浮… Ⅱ. ①周… Ⅲ. ①中國文學 – 古典文學 – 作品綜合集 – 北宋 Ⅳ. ①I214.412

中國版本圖書館CIP數據核字(2017)第317859號

四庫全書·别集類

浮沚集

作　　者　宋·周行己撰

出版發行　中國書店

地　　址　北京市西城區琉璃廠東街一一五號

郵　　編　一〇〇〇五〇

印　　刷　山東汶上新華印刷有限公司

開　　本　730毫米×1130毫米　1/16

印　　張　21

版　　次　二〇一八年二月第一版第一次印刷

書　　號　ISBN 978-7-5149-1900-4

定　　價　七六　元